Walktime

1000 años en tu bolsillo

Título original: *Walktime*
Autor: *Chirimbolito*
Arte: *Camila Cichero*

Número de edición: Primera edición en papel
Lugar de edición: Ciudad Autónoma de Buenos Aires
Fecha de edición: 1 de marzo de 2024, Buenos Aires, Argentina

Impreso en Buenos Aires, Argentina

Autor: Chirimbolito | chirimbolito@icloud.com
Editor: Pablo Adrián Rodrigues | pablorodrigues@me.com
Corrector: María Sol Portaluppi | sol.portaluppi@gmail.com

DEDICATORIA

A mis viejos amigos del videoclub.

CONTENIDO

AGRADECIMIENTOS

A Nicolás Rodrigues por su apoyo en este proyecto, y a María Sol Portaluppi por sus valiosos aportes y correcciones.

PRÓLOGO

¡Hola a todos! Me presento: soy Madelaine —o Mady, para mis amigas—, y soy pelirroja, tengo pecas hasta en el trasero, una mesa de noche es más alta que yo y… y me sobran algunos kilitos, ¿para qué mentir? Sin embargo, no es algo que me quite el sueño. Como tampoco me molesta ser un fiasco en los deportes o la *nerd* que gana todas las ferias de ciencias. Es decir, jamás me verán llorar por los rincones porque se me rompió una uña —como lo hizo hoy mi amiga Berta en plena clase de Matemáticas—, o porque mi equipo pierde la final de *hockey* —como fue el caso de Elena—. Estoy muy a gusto con quien soy y disfruto de la vida al máximo. Y más ahora que sé algunos detalles del futuro que me servirán para… Em, creo que me estoy adelantando a los hechos…

—Ayer fuimos al centro, Mady —comentó Elena, una de mis amigas. Era el miércoles posterior a todo lo que relataré a continuación. Estábamos en el comedor de la escuela, devorando unos *snacks*.

—Oh, ¿y por qué no me llamaron? —cuestioné.

—Lo hicimos —aseguró Berta, a mi derecha—. Dos o tres veces.

—No escuché el teléfono… —acoté.

—¿Es mi problema si eres sorda?

Sabía que Berta me estaba mintiendo. Pero no discutiría, ¡claro que no! En primer lugar, porque es una testaruda y jamás le da la razón a nadie. Y, en segundo lugar, porque tenía que prepararme para…

—¡Atrápala, Barton! —gritaron a mis espaldas. Se trataba de Billy, el idiota del curso, y me daba la señal para agacharme.

La bola de puré que me lanzó, adobada con salsa de tomate y con una albóndiga en el centro, no impactó en mi cabeza como él pretendía, sino que continuó su trayectoria y explotó sobre la camiseta favorita de Chuck, el idiota principal de la escuela.

—Billy, ¡me las pagarás! —gritó Chuck, quitándose la camiseta. Algunas chicas lanzaron un suspiro al ver ese torso musculoso. Los demás, en cambio, corrimos las mesas y las sillas, e hicimos lugar para la pelea que se avecinaba.

—Oye, fue una equivocación —gimoteó Billy, retrocediendo hacia la salida—. Quería… quería…

Sí, Billy: querías ponerme el puré de sombrero. Sin embargo, no contabas con que yo ya había vivido ese día, y varios de los que seguían —muchas veces, valga la aclaración—. Sé cuándo intentarás jugarme una broma, cuándo te copiarás en los exámenes y cuándo le pincharás la rueda al coche del director. Lo sé todo, Billy. Y no permitiré que te rías a costa mía nunca más.

¿Cómo? ¿Que de dónde saqué esa información? Pues… Más arriba mencioné que estoy muy a gusto con quien soy. Y aunque eso es verdad, bueno, no siempre fue igual… Hubo una época oscura y tenebrosa en la que me molestaba mucho ser colorada y tener pecas. Porque eso, acá y en la China, es sinónimo de diversión para los otros chicos. ¡Chicos descerebrados que no tienen mejor cosa que burlarse de los demás! Como Billy.

Ah, pero ¡su reinado de terror acabó el día en que hallé la máquina del tiem…!

Rayos, ¡estoy salteándome partes de la historia otra vez! Creo que será mejor contársela desde el principio así no hago líos. Total, la pelea de Chuck llevará un tiempo.

1

Todo comenzó un sábado hace dos meses. Eran las diez de la mañana y, luego de desayunar, lavarme los dientes y ponerme un *short* rosa y una camiseta celeste, salí de casa para visitar la venta de garaje que el barrio vecino organiza cada septiembre. Recuerdo que el sol estaba bien arriba y hacía un calor agobiante, de esos que derriten la brea del asfalto y hacen graznar de dolor a las aves.

—Pájaros tontos —dije aquella vez, mientras pateaba una roca de la acera—. ¿Por qué no vuelan al polo sur? Sean inteligentes y escapen de este infierno. No como yo, que ni siquiera traje la gorra…

¡La había olvidado por completo! Como también había olvidado la botella de agua helada que mamá me había preparado para sobrevivir a la caminata. Ah, pero me lo merecía por apurada. Porque ¿tanto costaba chequear mis cosas antes de salir?

La experiencia afirma que llegar temprano a las ventas de garaje es directamente proporcional a la cantidad de buenas ofertas que se encuentran. Es decir, nunca soy la única niña ávida por una Barbie a precio de saldo. ¡Salir temprano es imprescindible! A veces, incluso, es…

No, ¡basta de excusas, Mady! Las ventas de garaje duran todo el día. Es verdad que no da igual aparecerse a las diez de la mañana que a las cinco de la tarde. Pero debes reconocer que la ansiedad te había ganado esta vez, ¡y era hora de pagar el castigo!

—Aunque… ¿y si vuelvo a casa? —me pregunté en una esquina—. La gorra y la botella son muy tentadoras…

Desestimé la idea al instante. Podría haber regresado, sí; pero ya había cruzado seis calles, y eso era un montón. Además, temía que el aire acondicionado de casa me hipnotizara y me convirtiera en su prisionera… Rayos, ¡hubiera arrojado al cesto todo mi peregrinaje! No, era mejor caminar las dos calles que restaban hasta la feria y comprar allí una gorra nueva. Y luego, si me sobraban unos centavos, comería un cono helado, ¡y caso cerrado!

—Sí, ¡eso haré!

Pero entre el dicho y el hecho hay un trecho, y no miento si digo que no me insolé de pura casualidad. Es que el sol por encima, y las baldosas a mis pies, competían para averiguar qué me deshidrataría primero. Oh, pero qué ánimos sentí al divisar en el horizonte las mesas, gazebos y sombrillas de la feria. ¡Un oasis en medio del desierto!

—¡Dios oyó mis súplicas! —clamé.

Sin dilación, troté por la última calle y me refugié bajo la sombra del puesto donde una mujer vendía su colección de ollas y sartenes.

—Niña, ¿estás bien? —me preguntó la señora. Era grande

como un elefante y estaba vestida con un camisón holgado de estampas geométricas muy coloridas. La banqueta donde estaba sentada era diminuta en comparación con su trasero. Pero eso parecía no importarle —no así a la banqueta, cuyas patas amenazaban con quebrarse en cualquier instante—.

—Sí, creo que sí…

Mi respuesta no pareció convencerla demasiado.

—¿Quieres beber un poco de agua?

Normalmente, no acepto nada de extraños —no reconocía a la señora de ningún lado—; pero hice una excepción con esa muestra de hospitalidad. Es más, ¡hasta hubiera pagado por el vaso!

—¡Por favor! —exclamé, secándome la transpiración de la frente—. Me siento al borde del colapso…

—¿Cómo dices?

—Que estoy… —Y, en broma, simulé el gesto de desmayarme: solté el aire, cerré los ojos y tiré la cabeza hacia atrás.

Lamentablemente, la señora no captó el chiste. Por el contrario…

—¡¿De verdad?! —exclamó—. ¡Dios santo!

—¿Dios santo?

Cuando abrí los ojos de nuevo, esa cantante de ópera rodeaba su puesto más rápido de lo que yo la creía capaz y, tomándome por las axilas, me levantaba en el aire y me llevaba hasta su banqueta. Luego, mientras buscaba una jarra con agua y me abanicaba con una revista de cupones de descuento, llamó a otra mujer que vendía adornos de porcelana en el puesto adyacente.

—Ven, Betty; ¡esta niña está a punto de perder el

conocimiento!

—¡Allí voy, Marta! —respondió la otra con seguridad y convicción. Bah… ¿Exagero si digo que su grito fue de superheroína al rescate?

Levanté las manos en señal de alto; me había dado cuenta de que acababa de romper la monotonía de esas dos mujeres. Obviamente, habían estado toda la mañana a la espera de una situación como esa que les permitiera chismotear por el resto del mes.

—No, tranquilas —dije—. ¡Estoy bien, estoy bien!

Pero ya era tarde: Betty apoyó sobre mi cabeza una bolsa con hielo —que no sé de dónde sacó— y Marta, además de abanicarme y extenderme un vaso con agua, abrió una sombrilla de playa y la clavó a mis pies.

—Niña, ¿estás bien? —consultó Betty. Estaba maquillada como una puerta y se había hecho la permanente esa misma mañana. Tendría unos mil años y estaba ligeramente encorvada hacia adelante. Al caminar, daba la impresión de que se iría de cara al suelo.—. ¿Quieres que llame a tus padres?

—¿Mis… mis padres? —repetí con una ceja en alto—. Pero…

—Sí, ¡tus padres! —Me agarró por los hombros y me dio unas sacudidas—. Vamos, niña; ¡reacciona! ¿Dónde vives? ¿Eres de por aquí? ¡¿Cuál es tu número de teléfono?! ¿Lo recuerdas? —soltó en forma de metralleta—. Niña, ¿comprendes lo que hablo? —pronunció, gesticulando con exageración—. Tienes razón, Marta. Se nos va. ¡Está muy agitada!

¿Y cómo no estarlo? Para comenzar, había caminado ocho calles al rayo del sol; nadie supera indemne semejante desafío.

¡Y ahora esas dos se me abalanzaban como seguro lo hacían con las ofertas del súper! Además, la situación escalaba con tanta velocidad… ¡No sabía qué hacer ni qué decir!

—¿Qué? —Negué con la cabeza—. No… ¡No! Mi casa… Mis padres… —tartamudeé—. Estoy…

—¿Estás…? —Betty se acercó a mí y pude oler su perfume a sofá viejo—. Vamos, niña; habla. ¿Cómo estás?

Abrí la boca para contestar y, al mismo tiempo, Marta me hizo apurar el vaso con agua. No me lo esperaba y me atraganté. ¡Qué situación! Quería hablar y solo tosía.

—¡Está por darle algo! —profirió Marta, agarrándose la cabeza—. ¡AUXILIO!

Su vozarrón agudo y penetrante se oyó a lo largo y ancho de la calle, atrayendo, en el proceso, a un grupo de curiosos. Había de todo: vendedores de feria, clientes y también unos niños que jugaban a la pelota por ahí.

Atiné a levantarme de la banqueta; debía explicar que todo se trataba de un malentendido. Pero pisé mal y caí sentada nuevamente. ¡Qué suerte la mía!

—¡Mejor llamo al 911! —decidió Betty, regresando a su puesto. ¿Pueden creer que tenía su teléfono de línea instalado en una mesita? ¿Para qué demonios lo necesitaba en una venta de jardín?

—¿Qué le ocurre? —preguntó uno de los recién llegados.

—¡Es un golpe de calor! —contestó alguien.

—¡No respira! —agregó otro.

—Recuéstenla. ¡Hay que darle respiración boca a boca! —exclamó alguien más.

Si no tomaba pronto las riendas del asunto, mi destino sería la terapia intensiva de un hospital. Por eso, inspiré tan

profundo como pude, y grité fuerte y claro:
—¡ESTOY BIEN, CON UN DEMONIO!

2

Las caras de preocupación se relajaron y al fin pude levantarme de la banqueta.

—Estoy bien —repetí—. Solo tenía calor, es todo.

Betty se hizo paso a los empujones por entre la multitud.

—¡La ambulancia ya viene en camino! —anunció.

—No será necesario —aclaró Marta—. Creo que nos dejamos llevar por… ¡Nos dejamos llevar por el calor! —Y estalló en una risotada que a nadie le dio gracia. De hecho, la gente la vio con cierto recelo; podía apostar que no era la primera vez que armaba un escándalo así.

—¿De verdad? —quiso saber Betty.

—De verdad —confirmó Marta. Y luego a las personas que continuaban amontonadas a mi alrededor—: Oigan, si no van a comprar nada, ¡ahuequen el ala!

Un murmullo apagado se extendió por la acera, y los curiosos, tristes porque nadie había muerto, se dispersaron. Muy pronto quedé sola con mis nuevas amigas.

—¿De verdad te sientes bien? —consultó Betty luego de

cancelar la ambulancia.

—Sí, claro. —Bebí un poco de agua sin atragantarme—. Falsa alarma. ¡Era el calor!

—¿Y por qué tienes la piel tan roja? —preguntó con el entrecejo fruncido.

Me encogí de hombros.

—Soy pelirroja. Y mi color de piel va a tono. Supongo…

—Oh…

—¡Deja a la niña tranquila, Betty; suficiente escándalo has armado!

—¿Escándalo? —repitió la anciana—. ¡¿Yo?! —Chasqueó con la lengua—. Te equivocas; esa fuiste tú. —Y la señaló con un índice finito como un mondadientes.

—¿Acaso fui yo quien llamó a la ambulancia?

—¿Hablas en serio?

—Dímelo tú —espetó la cantante de ópera—. ¿Quién llamó? Vamos, dime: ¿fuiste tú o fui yo?

—¡Fui yo! —afirmó Betty con convicción—. Pero porque tú dijiste que la niña estaba a punto de desmayarse.

Marta puso los brazos en jarra.

—¿Lo ves? —chilló—. ¡¿Lo ves?! —Y asintió como si acabara de ganar al *Scrabble*—. Lo que yo dije fue que «estaba a punto de perder el conocimiento». Jamás hablé de un desmayo…

—Momento: ¿cuando uno se desmaya no pierde el conocimiento? —intermedié.

—Sí y no —respondió Marta. Esperaba alguna explicación adicional, pero la mujer prefirió continuar la pelea con su vecina—: Creo que le debes unas disculpas a… ¿Cómo dijiste que te llamabas, niña?

—Madelaine —contesté—. Pero me dicen *Mady*.

—Discúlpate con Mady —ordenó Marta—. No seas maleducada, Betty.

—¿Y tú no lo harás? —desafió la anciana.

Dios santo, ¿dónde me había metido?

—¿Saben? Nadie me debe ninguna disculpa —expresé—. Ambas se preocuparon por mí, y eso está bien. ¡Se lo agradezco!

Marta y Betty asintieron —era obvio que para ellas la discusión no había terminado—, y me acompañaron hasta la acera.

—No tienes por qué, Mady —dijo Marta—. Estamos para servirte.

—¡Eso mismo! —secundó Betty—. Y hablando de servir… ¿No te interesa nada de nuestras mesas?

—Em… —Eché un vistazo a las ollas y a los adornos de porcelana. Todo lucía genial; pero, sinceramente, no necesitaba nada. Sin embargo, no quería ofender a esas señoras—. Quizás pueda llevarle un regalo a… —¿A quién? Mamá y papá tenían una batería completa de cocina; en una época no muy lejana, vendían por catálogo. Y la abuela nadaba en adornos de porcelana, lo que reducía casi a cero los interesados que conocía por esas cosas.

—No obligues a la niña a comprar tus porquerías —lanzó Marta de repente.

—Hablas como si todos quisieran tus ollas…

—He vendido tres —se jactó—. ¿Qué me dices de ti?

—¡Un juego de caballos! —respondió—. ¡Fue antes del circo que generaste!

—¿Circo? —Marta comenzó a sulfurarse—. ¿Salvar a una

niña es un circo?

—No lo sé, dímelo tú…

Las señoras, pecho a pecho, continuaron con su acalorada discusión, y yo aproveché la distracción para escabullirme por entre la gente.

Rayos, ¡qué forma de comenzar la mañana!

3

Sinceramente, me sorprendí de cuánto había crecido esa venta de garaje. ¡Había tomado magnitudes insospechadas! La había visitado el año anterior, y no me había parecido nada fuera de lo normal; pero, para esta entrega, había sumado tantos puestos que no me creía capaz de recorrerlos todos antes de que cayera la noche. No lo sé, ¡eran como cincuenta! Y todos apiñados en el espacio de dos calles.

La cantidad de gente también era extraordinaria. Había no menos de doscientas personas que iban y venían sembrando el caos: peleaban por descuentos, cruzaban de una acera a otra por cualquier lado, se sentaban en el bordillo a comer un *snack*, gritaban para reencontrarse entre la multitud o bien permanecían en el centro de la calle buscando qué puesto atacar luego. Obviamente, fue un detalle que no pasó desapercibido para la policía, porque, minutos después de que hubiera llegado, cerraron las calles con unas vallas para evitar accidentes.

Pese a todo, no me dejé llevar por la vorágine, pues mi

objetivo era uno bien claro: debía conseguir un nuevo *walkman* en reemplazo del anterior que había muerto a manos del eje trasero del auto de papá —quien echó la culpa a una distracción mía y no a un descuido suyo—. Claro, había otros secundarios que también me interesaban, como la gorra de repuesto, unos lazos verdes para mis tenis nuevos y cualquier prendedor de metal que consiguiera —y unas Barbies—; pero los dejaría para más tarde, y solo si me sobraba dinero.

—Señor, ¿cuánto pide por el *walkman*? —pregunté en una mesa atendida por un hombre calvo de unos cuarenta o cincuenta años. Vestía unos *shorts* floreados, una camiseta sin mangas y una visera de esas que te permiten beber de a dos latas por un popote. En este caso, cervezas.

—Treinta dólares —respondió sin mirarme.

—Gracias —dije cabizbaja, y seguí buscando.

Treinta dólares era un dineral para lo que planeaba gastar. ¡Ni loca pagaría eso por un *walkman*! Aunque tampoco lo haría por veinte… Quizás, analizando en perspectiva la situación, había establecido un presupuesto más bien tacaño, porque, como sé ahora, treinta dólares no compran un *walkman* usado ni en el 2010. Amén de que en esa época existen otras cosas más modernas y… creo que estoy hablando demasiado. Mejor vuelvo a la venta de garaje; no quiero enojar a Lisa —de la que les hablaré en un rato— y romper otra línea temporal.

En fin, como ese señor pedía una fortuna y yo contaba apenas con treinta y dos dólares —había que exprimir cada centavo—, seguí caminando. No me quedaría con la primera oferta; mamá me había enseñado a barajar todas las cartas antes de hacer mi jugada. Lamentablemente, pronto advertí que las posibilidades de regresar a casa sin el *walkman* eran muy altas… «Por menos de cincuenta dólares no lo vendo», «¿Ofreces veinticinco? ¿No quieres que mejor te lo regale?», y otras respuestas similares eran las que recibía de los feriantes. ¡Qué desilusión!

Sin embargo, no claudiqué. Por el contrario, mantuve la llama de la esperanza viva; ¡estaba segura de que la balanza se inclinaría a mi favor tarde o temprano! Bueno, era obvio que ocurriría más tarde que temprano, porque tocaban las doce del mediodía ¡y yo seguía sin mi maldito *walkman*!

—Tranquila, Mady; no entres en pánico —me dije—. Faltan visitar quince puestos, y cada uno es una lotería.

Oh, ¿y ya mencioné esos dos que, además de vender, compraban aquello que la gente ofrecía para revenderlo nuevamente? Eran como minitiendas de empeño. La mercadería entraba y salía, salía y entraba; el recambio de objetos era constante. ¿Y lo mejor? Si tenías suerte…

—¡Encontrarás televisores por quince dólares! —le había dicho un muchacho a su padre.

—Vamos, Mike; ¿de verdad piensas que me creeré semejante locura?

—¡Lo vi con mis propios ojos, papá! —aseguró Mike—. ¡Quince malditos dólares!

Esa conversación casual —y bastante exagerada; vamos, ¿quién se desharía de un televisor por tan poco dinero?— se repitió varias veces en la calle, y no me quedó otra opción más que creerla.

—Pero antes de seguir…

Como tenía calor, hambre y sed, me detuve en el carro de perritos calientes para recuperar energías. Una pizarra adornada con una salchicha sonriente ofrecía un combo de

bebida y comida por un dólar con cincuenta.
Enhorabuena, ¡eso sí entraba en mi presupuesto!

17

bebida y comida por un dólar con cincuenta.
Enhorabuena, ¡eso sí entraba en mi presupuesto!

4

Había cinco personas adelante; sin embargo, la fila se movía con velocidad. ¡Mi turno llegó en apenas cinco minutos! Definitivamente, recomendaría *Creppy Dogs*.

—¡Un combo, por favor! —pedí al muchacho que atendía. Era delgado y más alto que el techo del carro. Tenía un delantal colgado del cuello y sostenía unas pinzas para las salchichas que no parecían haber sido diseñadas para comida. ¿Acaso provenían de una caja de herramientas? Mejor ni preguntar…

—¡En marcha! —respondió con una sonrisa. Antes de que sacara el dinero de mi bolsillo, tenía listo el combo—. Oh, espera. ¿Quieres alguna salsa?

—¿Kétchup? —pregunté.

El muchacho asintió y bañó el perrito caliente con el contenido de un pote sin etiqueta —¿acaso una receta especial?—. Luego me lo extendió.

—Aquí tienes —dijo. No olvidó darme varias servilletas.

—¡Gracias!

Y de ese modo, sin *walkman* pero con almuerzo, esquivé un

grupo de señoras que cargaban pilas de táperes y me refugié bajo la sombra de un gran roble. Hubiera preferido sentarme en sus raíces, pero, con toda seguridad, alguien me hubiese pisado; la gente caminaba sin mirar por dónde iba.

—Bueno, señora salchicha, ¡ha llegado su hora! —exclamé, y le di un mordisco.

Rayos, ¡qué bien sabía! ¿O era porque no comía nada desde el desayuno? Daba igual: pediría otra, no desaprovecharía la oportunidad de disfrutar un manjar de esas características. ¡Quizás hasta probara otra salsa! Y la lata de Coca-Cola… ¡Estaba fría, congelada! Fue un elixir que refrescó mi alma y la preparó para atacar con ímpetu los puestos que no había visitado.

—La mejor salchicha que probé en años —afirmé al hacer un bollo con los papeles y tirarlos en un cesto.

Bueno, la mejor «primera» salchicha, porque, cuando la terminé, fui por dos más —vamos, no me arriesgaría a comer la segunda y quedarme con ganas de una tercera; conocía a la perfección mi glotonería y debía adelantarme a ella—. ¡De más está decir que las devoré en un parpadeo! Creo que si el muchacho se había tardado un minuto en prepararlas, yo había tardado apenas diez segundos en engullirlas. Obvio que en el proceso escuché a mamá dentro de mi cabeza regañándome por no masticar cada bocado las veces saludables —«comes como un pato, hija; no masticas»—; pero no me arrepiento de nada. ¡Ni de chuparme los dedos manchados con kétchup!

Bueno, quizás sí haya algo…

Tres combos de un dólar con cincuenta suman casi cinco. Entonces, treinta y dos de mis ahorros menos cinco de las salchichas da como resultado veintisiete dólares. Y veintisiete menos otros tres dólares —¿mencioné que fueron cinco salchichas en total?— da veinticuatro. Si a eso le quito los tres dólares de los helados…

—¡Rayos! —chillé—. Tonta Mady, ¡ahora no conseguirás el *walkman* ni en un millón de años!

En mi defensa, había advertido al comienzo que era de buen comer. ¿Acaso esperaban otra cosa? Sí, que tal vez fuera más medida con los gastos. Pero esas salchichas… ¡Manjares de Dios!

—Bueno, Mady; te lo mereces —me dije—. Será mejor que regreses a casa…

Negué con la cabeza y, entre suspiros desanimados, caminé calle abajo tratando de no mirar los botines de las demás personas: todos habían comprado algo menos yo. Había niñas que abrazaban cinco o seis Barbies cada una —supuse que uno de mis objetivos secundarios se había agotado— o que festejaban por haber conseguido prendas de marca a mitad de precio; también había niños que cargaban pilas de cómics, y nunca faltaban esos padres que acababan de completar su colección de herramientas.

—¡Adiós, Mady! —gritó Marta cuando pasé cerca de su puesto. Rayos, ¡a esa mujer no se le escapaba nada!

La saludé con un gesto de manos y… ¡me detuve invadida por una epifanía!

Maldición, ¿cómo las había olvidado? ¡No había visitado las tiendas de compraventa! En alguna de las dos debía encontrar lo que buscaba.

5

Sin dudarlo, corrí hasta la otra esquina de la acera y, para mi sorpresa, en vez de toparme con las dos tiendas en cuestión —juro que diez minutos atrás habían estado libres—, lo hice con un grupo de locos por las ofertas que, como descubrí en breve, no era lo que se dice «moderado», sino más bien una turba iracunda dominada por los instintos más básicos. Saltos, gritos, forcejeos y peleas eran algunas de las tantas palabras que describían su comportamiento.

—Esto no será fácil, Mady... —susurré agobiada por el bullicio.

¡Y claro que no lo sería! Porque debería apelar a toda mi creatividad, ingenio y paciencia para concretar la «operación *walkman*». Es decir, ¿cómo cruzaría ese enorme mar de gigantes que ni siquiera me permitía distinguir dónde terminaba una tienda y empezaba la otra? ¡Maldición! En un parpadeo, me había convertido en Frodo; excepto que no había ningún Sam o Comunidad del Anillo para ayudarme.

—¡Ánimos, Mady! —me arengué—. ¡Es tu momento!

O algo así, porque las desventajas eran muchas y, en apariencia, insoslayables. No obstante, elegí transformarlas en oportunidades; nada me amedrentaría. ¡Llorar como una niña chiquita no me conduciría a ningún lado!

Por eso, respiré con profundidad y proyecté en mi cabeza el final de esa jornada —yo escuchando música con un *walkman*—; luego, elegí el puesto que más alboroto generaba —supuse que eso era sinónimo de compras y ventas, o de buenas ofertas—, y, por último, apelé al único truco con el que dio mi cerebro: los empujones.

Muchos dirán que de ese modo me transformé en una más con la multitud, pero la verdad es que no había otras estrategias a mano que pudieran funcionar. ¿Pedir permiso? ¿Esperar a que fuera mi turno? No, imposible: las personas se apiñaban sin importarles cuánto calor hacía, o si recibían codazos o pisotones. Lo único que buscaban era comprar el objeto deseado antes que nadie, y, para eso, estaban dispuestas a cualquier cosa. Con solo mencionar que, para saltear lugares, una señora simuló un embarazo con un almohadón. En fin…

Al llegar a la mesa, descubrí que el sujeto que la atendía no era del barrio. Si la memoria no me fallaba, era el dueño de la casa de empeños del centro —un turco bastante malhumorado que no permitía a los niños jugar sobre la acera de su negocio—. Sin embargo, no desentonaba con el paisaje; a decir verdad, ¡estaba en su salsa!

Como no contaba con demasiado tiempo —así como yo había llegado, alguien más lo haría y me quitaría el lugar—, eché un vistazo a la sección de electrónica. ¡Y adivinen qué encontré!

—¡¿Cuánto por el *walkman*?! —grité para hacerme oír por

encima de unas viejas desesperadas por una ponchera de cristal. Aunque, en realidad, quería adelantarme a un niño que había a mi derecha y que también observaba con interés la electrónica. ¡No deseaba que preguntara antes que yo por algo que, por derecho, era mío!

El turco, cuyos bolsillos explotaban de billetes, bajó la mirada hacia mí.

—¿Cómo dices? —Noté que tenía un pequeño brillante incrustado en uno de sus incisivos. ¡Qué *kitsch*!

—¡El *walkman*! —Y lo señalé. Era TPS-L2 azul con los auriculares originales de almohadillas naranjas—. ¿Cuánto pides por él?

—Cuarenta dólares —dijo—. Tómalo o déjalo.

Fruncí el ceño. ¿Por qué tan tajante? ¿Y por qué cuarenta dólares si el aparato tenía raspones y la carcasa estaba rajada uno de los laterales? Además, dudaba de que los auriculares funcionaran: el cable estaba muy doblado.

—¿Cuarenta? —repetí con cara de asco—. ¡Ni loca!

—Si no lo compras tú, lo hará alguien más.

Y ahí fue cuando brillaron los ojos del mocoso a mi derecha. ¿Acaso querría el *walkman*? No podía arriesgarme. ¿Y si lo compraba? Pero… ¡no tenía cuarenta dólares! Por suerte, recordé que papá siempre contaba que los turcos eran especialistas en una técnica milenaria llamada «regateo», o como mamá prefería decir: «ofrece la mitad y envíalos al demonio».

—Lo compraré yo. Pero no te daré más de veinte dólares —declaré.

El turco ladeó la cabeza, levantó una ceja y asintió.

—Bien, ¡es tuyo! —Y extendió la mano para recibir el

dinero.

—Eso fue fácil… —murmuré. Saqué los billetes de mi bolsillo y se los entregué hechos una pelota—. ¡Aquí tienes!

—¡Ofrezco veinticinco! —gritó el niño a mi derecha, y sentí que el mundo se me venía abajo. Al final, sí quería el *walkman*.

—Lo siento, muchacho; el trato con la niña ya está cerrado —dictaminó el turco, y el alma volvió a mi cuerpo.

—¡Gracias! —exclamé al tiempo en que abrazaba mi *walkman*—. ¡Muchas gracias!

Acto seguido, corrí lejos de ese infierno de codicia y no me detuve hasta llegar a casa.

6

Abrí la puerta de entrada de sopetón —sin importarme si la chocaba contra la pared o si se la estampaba en la cara a alguien— y eché a correr directo hacia mi cuarto. Es que ¡tan angustiada me había dejado ese niño atrevido que no veía la hora de llegar a un lugar seguro! Sentía una presencia incómoda a mis espaldas, igual a cuando apagas la luz y crees que el Coco está persiguiéndote. ¡Qué horrible!

—Mady, ¡qué tarde has regresado! —dijo mamá al verme pasar como un ventarrón. Miraba en la sala de estar una película con papá.

—¿Tarde? —repetí, deteniéndome en mitad del pasillo. Chequear el reloj de pared: era la una y media, bastante más temprano de lo que había planeado demorarme en el paseo—. ¡Si ni siquiera son las dos!

—Pero has salido a las diez —me recordó—. ¿Todo en orden?

Bueno... ¡Qué pregunta difícil de contestar! Al llegar a la feria, había protagonizado una escena de la que probablemente hablaría el pueblo entero durante un mes: había comido cinco salchichas y dos helados que, en ese momento, comenzaban a fermentar en mi estómago; un niño había intentado quedarse con el *walkman*, ¡mi *walkman*!, y me había carbonizado tanto en el viaje de ida como en el de vuelta. «Todo en orden» no cuadraba con mi mañana; pero tampoco quería preocupar a mamá, así que dije:

—Sí, ¡todo perfecto! —Y levanté un pie; que tuve que apoyar en el mismo lugar de donde lo había despegado porque mamá arremetió con sus preguntas de… Pues, ¡preguntas típicas de mamá!

—¿Hacía calor? —comenzó.

—¡Ni que lo digas!

—Cuidaste tu piel, ¿cierto? Ya sabes que es muy sensible…

—Em… —Me observé en un espejo que había en el pasillo, y no me hizo nada de gracia notar lo roja que estaba. Solo para asegurarme —pues, quizás, mis ojos no se habían acostumbrado del todo al interior más oscuro de la casa—, bajé apenas unos centímetros el cuello de mi camiseta y… Demonios, necesitaría mucha crema para curar eso—. Sí, mamá; ¡estoy fresca como una lechuga!

—¿De verdad? —cuestionó—. Porque vi tu gorra en la cama…

—¡Usé otra! —mentí.

—Bueno…

—Ya déjala —oí que susurró papá.

Sin embargo, mamá no pudo con su genio.

—¿Y te divertiste? —gritó.

—¡Un montón!

—¿Te alcanzó el dinero?

—¡Claro! —Aunque era mejor no ahondar en el asunto.

—¿Compraste algo?

—¡Sí! —respondí.

—Bueno, ¿y no nos lo mostrarás? —se sumó papá a la charla.

La verdad, quería entrar a mi cuarto y probar el *walkman*; pero supuse que unos minutos de sociales no harían daño a nadie. ¡Ya estaba en casa y bajo la protección de mis padres! Por eso, regresé sobre mis pasos, crucé el umbral y, cual trofeo, levanté el *walkman* para que todos lo admiraran.

—¡Lo conseguí! —festejé.

—¡Qué buena noticia! —secundó papá, apretando el botón de pausa el reproductor de VHS—. ¡Se ve genial!

—Aunque tu cara no... —señaló mamá—. ¡Estás roja como un tomate, Mady!

—Te parece...

—¿Cuánto te costó? —preguntó papá.

—Apenas veinte dólares —me jacté—. ¡Una ganga!
Papá asintió.

—¡De verdad conseguiste una oferta! —Se puso de pie y cruzó la sala de estar—. ¿Puedo verlo?

Entrecerré los ojos; no había olvidado que él había aplastado mi *walkman* anterior. ¿Y si se le caía el nuevo? ¿Y si presionaba muy fuerte un botón y lo rompía? ¿Y si atascaba la bandeja de *cassettes*?

—Bueno... —Mamá, todavía en el sillón, notó mi duda y me hizo un gesto para que le entregara el *walkman* a papá. Muy a mi pesar, acepté—. Aquí tienes.

—Sí, veo algunos detalles, pero está en muy buenas condiciones —aseguró papá, observando el aparato desde todos los ángulos—. Sí, ¡fue una gran compra! —Y me lo devolvió sano y salvo—. ¿Funciona bien? ¿Ya lo probaste?

Me encogí de hombros.

—En la feria… Digamos que no había ni el tiempo ni el lugar para hacerlo; si no me apresuraba, otra persona lo hubiera comprado. Así que planeaba chequearlo ahora.

—¿Necesitas baterías? —consultó mamá.

Buena pregunta. Se me ocurrió abrir el compartimiento del *walkman*, quizás el turco había olvidado quitárselas —el mito dice que luego las vende por separado—, y…

—¡No puede ser! —me lamenté—. No, no, no… ¡Me lleva el diablo!

Papá, asustado, me quitó el *walkman*.

—¿Qué sucede? —Vio lo mismo que yo y dijo—: Rayos, alguien olvidó las baterías puestas y se sulfataron…

—¡Veinte dólares a la basura! —gruñí. Estuve a punto de arrojar el *walkman* por el aire—. Maldito turco hi…

—Señorita, ¡el vocabulario! —advirtió mamá.

—Además, hija, esto tiene arreglo —aseguró papá—. ¿Recuerdas a Jacob, mi compañero de trabajo?

—¿El *nerd*? —quise cerciorarme.

—¡El mismo! —exclamó papá—. Apuesto a que puede repararlo con los ojos cerrados.

—¿Y por qué no reparó el anterior? —reproché.

—Porque ese estaba hecho trizas, hija. ¡No había quedado nada para reparar!

—Bueno, bueno… ¿Y cuánto tardará en hacerlo? —insté.

—Primero debo llevárselo para que lo vea. Él me dirá.

—¿Y cuándo se lo llevarás?

—Hija, no seas ansiosa —me retó mamá—. Jacob lo verá

cuando pueda; quizás el lunes.

—¿Y por qué no hoy? Yo podría alcanzárselo.

—El fin de semana es un momento de descanso —recordó mamá—. Tanto para ti como para él.

—Bu… —gimoteé.

—Le haré un llamado más tarde, ¿sí? —prometió papá.

—¡Eres un genio! —Y le di un beso en la mejilla.

—Oye, Mady —interrumpió mamá la algarabía—. ¿Qué es esa mancha que tienes en la camiseta? ¿Kétchup?

Demonios, como si no tuviera suficiente con el fiasco del año —tendría que haberle dejado el *walkman* al niño—, ¡ahora comenzarían las preguntas sobre qué había comido, por qué me había manchado la ropa y quién sabe cuántas tonterías más!

—No lo sé, mamá; ya estaba así—dije.

—Pero, hija…

—¡Nos vemos luego!

Fui a mi cuarto y me encerré a la espera de novedades. Seguiría el asunto de Jacob de cerca.

7

A eso de las cuatro de la tarde, papá golpeó la puerta de mi habitación. Por la premura que llevaba —*TOC, TOC, TOC. TOC, TOC, TOC.*—, supuse que era algo importante.

—Mady, ¿puedo pasar? —preguntó desde el pasillo.

—Obvio, papá; ¿qué quieres?

Papá entró con una sonrisa de oreja a oreja y se frotó las manos con ansiedad.

—¡Tengo buenas noticias! —aseguró—. ¿Quieres escucharlas?

No necesitaba que me diera los pormenores para saber que los arreglos del *walkman* estaban encaminados —o algo así—; pero, de todas formas, me senté sobre la cama de piernas cruzadas y lo oí.

—A ver… ¿cuáles son? —Mi sonrisa era más grande que la de él.

Papá se sentó a mi lado y me guiñó un ojo.

—Llamé a Jacob hace un rato: arreglará tu *walkman* —afirmó—. ¿Qué me dices? —Salté sobre papá y le di muchos

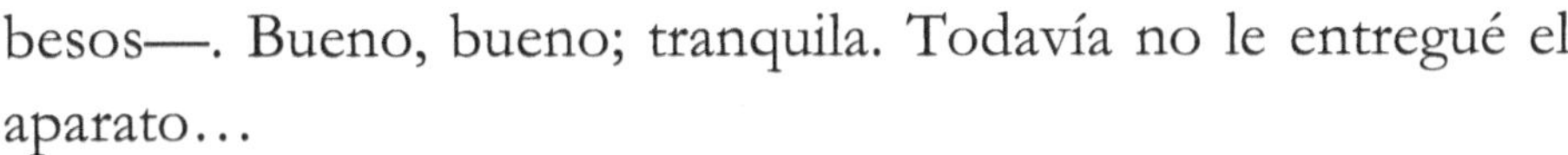

besos—. Bueno, bueno; tranquila. Todavía no le entregué el aparato...

—¿Y cuándo lo harás? —insté—. ¡Dime que pronto!

—En realidad, Mady, lo harás tú —aclaró—. Jacob te está esperando en su casa; puedes ir cuando quieras.

—¡No me lo creo! —Salté al piso y me puse los tenis, cuyos cordones até sin demasiado esmero. Luego corrí al pasillo y... me detuve y me volteé hacia papá—. Em... ¿y dónde es que vive Jacob exactamente? —consulté.

—En el 418 de Abbot's Road —respondió—. ¿Sabes dónde es?

—¡Obvio! —chillé, y emprendí la carrera nuevamente. ¡Estaba tan emocionada! El día había arrancado extraño —por no decir «bizarro»—, había remontado para bien cuando conseguí el *walkman*, y había creído que se iría indefectiblemente al caño cuando descubrí esas pilas sulfatadas... Sin embargo, mi segunda racha de suerte había llegado y, con ella, ¡el amigo ingeniero de papá!

—Pero ¡espera! —escuché que gritó papá cuando ya tenía el picaporte de la entrada en mis manos—. ¡Jacob no lo hará gratis!

—Oh... —me lamenté. ¿Por qué no lo había supuesto antes? Era obvio que Jacob cobraría por la reparación; nadie trabaja por amor al arte.

Solté el picaporte y bajé la cabeza. Suspiré largamente y regresé con papá arrastrando los pies. Solo pensaba en que no me había quedado un centavo de mi paseo por la venta de garaje. ¿Con qué pagaría?

—Es lo justo, ¿cierto? —dije—. Rayos... ¿Y cuánto dinero me costará?

—Nunca hablé de dinero —manifestó papá—. Simplemente, me dijo que tendrás que ayudar…

—¿Ayudarlo? —lo interrumpí—. ¡Si no sé un comino de electrónica! De hecho, nunca me aprendí cuáles son los programas de la lavadora. Y eso que mamá me los anotó en un papelito…

—Si me dejaras terminar… —Papá me sacudió el cabello—. Quiere que lo ayudes a ordenar su taller.

Fruncí el entrecejo.

—No entiendo…

Papá soltó una carcajada.

—Si su taller es igual a su oficina, lo entenderás cuando lo veas. —Fuimos por el *walkman* que descansaba en la mesa de la cocina —en la locura de visitar a Jacob, casi lo olvido—, y luego me acompañó al porche—. Le mandas saludos, ¿sí? También a Emma, que hace mucho que no la veo. Aunque, bueno, desde que tuvo el bebé no hay tiempo para otra cosa.

Me cuadré en las escaleras.

—¡Señor; sí, señor! —Y monté mi bicicleta—. ¡Lo haré!

—¡Adiós, Mady!

—¡Adiós, papá!

8

Pedaleé hasta el 418 de Abbot's Road a toda velocidad. Si tenía suerte, ¡ese mismo día podría disfrutar de mi *walkman*! Pero no fue el caso, porque Jacob no contaba con los repuestos necesarios para arreglarlo. O no los encontraba —que fue mi hipótesis final—. Dios santo, qué lío era esa casa. ¡El último cajón de mi escritorio estaba más ordenado que el lugar más ordenado de la casa de Jacob!

Por supuesto, la habitación del bebé, la cocina y el baño eran lugares habitables y, en principio, libres de porquerías; pero ¿el resto? El garaje donde estaba el taller de electrónica era una chatarrería colmada de piezas de computadoras y de televisores; la sala de estar exhibía pilas y más pilas de manuales y libros de programación —sin contar la impresora, que escupía de forma constante hojas con vaya-uno-a-saber-qué información *nerd*—, y la habitación principal... No entré en ella, pero creí distinguir en su interior osciloscopios en funcionamiento. Vamos, ¿quién puede dormir con el fulgor verde de esas cosas?

—Disculpa el desorden, Mady —dijo Jacob al terminar el *tour*. Era un sujeto pequeñito y acelerado; de ojos eran muy vivaces —los anteojos que usaba, gruesos como el fondo de una botella, no hacían más que exagerarlos—. Por algún motivo, utilizaba una bata de laboratorio adentro de su propia casa—. El pequeño Elliot ha revolucionado nuestras vidas.

—No nos permite dormir, ¡imagina si nos da tiempo de ordenar! —agregó con una sonrisa Emma, su esposa. Era una mujer alta y delgada, de rasgos finos y ojos azules; muy bonita, excepto por dos ojeras que le llegaban al suelo.

—Sí, obvio —respondí—. Los bebés son un caos…

¿Ya mencioné que nunca los tendré? Es decir: esa pareja se veía feliz con su hijo, pero ¿a costa de qué? ¿De cero horas de sueño? ¿De carecer de tiempo hasta para las cosas más simples? Gracias, pero, no gracias. ¡Paso!

Jacob me condujo a la cocina y me ofreció un vaso con agua. Nos sentamos y preguntó:

—¿Así que tu *walkman* vino roto?

—Alguien olvidó las baterías puestas y se sulfataron. Papá dijo que podrías repararlo. —Y le entregué el aparato.

Jacob examinó el *walkman* y asintió.

—Es una tontería —dijo—. Si el ácido de las baterías no llegó a los circuitos, ¡estás de suerte! —Buscó la aprobación de Emma, quien caminaba de un lado a otro con Elliot en brazos tratando de hacerlo dormir.

—Sí, es una tontería —ratificó ella. Al parecer, era igual de *nerd* que su esposo.

—Bueno, pero ¿y si llegó a los circuitos…?

Jacob se encogió de hombros.

—Entonces, es más complicado.

—¿Mucho?

—No lo sabremos hasta chequearlo. —Que fue lo que hicimos unos minutos después: en el garaje, mientras yo ordenaba una pila de revistas de electrónica según la fecha de publicación, Jacob desarmó el *walkman* y, blandiendo una enorme lupa, dijo—: En efecto, el ácido llegó a los componentes internos. ¡Qué pena!

Dejé las revistas en una estantería y casi me pongo a llorar.

—¿O sea que no sirve?

—Debería… —Jacob hurgó entre las cosas de su mesa—. Debería cambiar estos transistores de aquí… —Abrió los cajones de un organizador y revisó frascos con componentes usados—. Pero no sé dónde metí los que necesito… —Echó un vistazo al garaje—. Podrían estar en cualquier lado. O podría haberme quedado sin ninguno…

—¿Y cómo son? —pregunté. Jacob usó la lupa para mostrarme el daño en el circuito y los diminutos componentes que había que cambiar, similares a granos de arroz negros.

—Son esos dos de ahí.

Miré el desorden y me sentí pequeñita. Aunque confieso que también había una vibra cibernética apasionante… Por un momento, creí que un robot aparecería para ayudarnos con el *walkman*. No lo hizo, obvio. Nadie nos ayudó…

—Oh…

—¿Sabes, Mady? —dijo Jacob al oír que Elliot rompía en llanto—. No te haré perder tiempo. Pensaba que sería algo rápido, pero veo que no: podría hallar los transistores ahora mismo, o mañana a las siete de la tarde. Y si tengo que comprarlos… La tienda permanece cerrada hasta el lunes. Mejor regresa a tu casa y te avisaré cuando el *walkman* esté listo.

—Bueno… —acepté con un nudo en el estómago. En ese garaje había cinco televisores, seguramente de otros amigos como papá, que le habían pedido un favor como el mío y que nunca habían llegado a buen puerto. Mi *walkman* estaba condenado…—. ¡Gracias!

Emma me acompañó a la puerta mientras Jacob revolvía sus cosas.

—¡Ánimos! —dijo—. Verás cómo Jacob repara tu *walkman*.

—Necesita unos repuestos que no encuentra… —lloriqueé.

—Eso es lo de menos —aseguró la mujer—. Si no los tiene, los inventa. ¡Disfruta el fin de semana tranquila! Hazme caso.

—¿De verdad?

—Jacob es capaz de crear un *walkman* de cero si así lo quisiera.

—Bueno… ¡No perderé las esperanzas!

En verdad que Jacob se veía un cerebrito, y la cantidad de electrónica bajo su techo reforzaba la idea. Monté la bicicleta y saludé con un gesto de manos mientras pedaleaba camino a casa. ¿Quién sabe? ¡Quizás tuviera suerte!

9

Pasé todo mi sábado al lado del teléfono esperando una llamada de Jacob. ¡Necesitaba actualizaciones sobre el *walkman*! Cualquier cosa, ¡lo que sea! Que no había encontrado los repuestos, o que los había encontrado y no servían, ¡o que la reparación era imposible! Hubiese tolerado hasta la peor de las noticias…

Pero no las hubo. Y tampoco el domingo, cuando la ansiedad comenzó a jugarme una mala pasada y no quise ni salir a jugar con mis amigas.

—KNOC, KNOC —llamó mamá desde el umbral de la sala de estar. Me giré hacia ella, esbocé una sonrisa de cortesía y regresé al televisor—. KNOC, KNOC —repitió.

—¿Qué quieres, mamá?

—¿No te parece que es hora de ir a dormir? —preguntó. Eran las diez de la noche del domingo y yo me encontraba, como ya dije, expectante del teléfono.

—No, mamá; ¡esta película está genial!

—¿De verdad? —Dio unos pasos al frente—. ¿Y de qué se

trata? —me desafió.

Presté atención a lo que transmitían, y vi unos sujetos disparando fusiles tan modernos como la punta de una lanza de la Edad de Piedra.

—¿La Guerra Civil Española? —leí en una de las esquinas—. Qué apasionante… —Y fruncí la cara de asco

—Es un documental, Mady —señaló mamá—. Y ni siquiera lo estás viendo.

—Bueno, bueno… Espero una llamada de Jacob, ¿sí? —acepté de mala gana—. Listo, lo confesé. ¿Contenta?

—No lo sé… —Se acercó un poco más y apoyó una mano sobre mi hombro—. Tus amigas te invitaron a pasear al centro y lo rechazaste; tu abuela vino de visita y no estuviste con ella; no hiciste la tarea… Perdiste el fin de semana por un tonto aparato.

—¡Que me costó veinte dólares! —recordé—. ¡Veinte malditos dólares!

—No tienes que enojarte conmigo, sino con el turco que te estafó —acotó—. Cuando Jacob repare el *walkman*, lo sabrás. Ahora, niñita, ¡a dormir! —Y, quitándome el control remoto, apagó el televisor.

—Pero…

—¡No hay peros que valgan!

Resoplé y caminé hasta mi cuarto dando pisotones. Cerré la puerta con un golpe y me acosté con la peor cara de malhumor del universo. Si el hada de los sueños se atrevía a pasar por allí, ¡no cabía la menor duda de que desaparecería aterrorizada!

Sin embargo, el lunes al mediodía —más exactamente a las doce y quince—, cuando regresé de la escuela, todo cambió.

—Tienes algo sobre la encimera —anunció mamá de

camino a la puerta. Yo entraba y ella salía por unas compras de último momento.

—¿Qué es? —gruñí, arrojando la mochila a un rincón del pasillo; el malhumor no se me había ido ni un poquito. Por el contrario, había empeorado después de una broma que me habían hecho en la hora de Ciencias: alguien —que todavía no había conseguido identificar— me había pegado un chicle en la silla.

—No lo sé; averígualo —indicó—. ¡Y no olvides lavar los platos después de comer!

Por como apestaba la casa a espaguetis, era obvio que ese «algo» era comida recalentada. Mamá sabía a la perfección que, de haberme dicho qué era, con toda seguridad hubiese armado un berrinche de película.

—Sí, sí; lo que digas… —contesté—. De hecho, ¡quizás también lave mi ropa!

—No te vendría mal aprender las tareas de la casa…

Negué con la cabeza y continué hasta la cocina. Una vez allí, fui directo a la nevera; de ninguna forma comería los espaguetis recalentados.

—A ver qué hay de rico… —me dije.

Esperaba encontrar una porción de la tarta casera que la abuela había preparado; o bien un poco de jamón y queso para hacerme un sándwich. ¡Hasta me hubiera conformado con el pote de dulce de leche: lo hubiese terminado a cucharadas! Pero ¡no! La nevera estaba vacía. ¡Completamente vacía! Es decir, vacía para mí; no comería una ensalada de tomate y lechuga.

—Serán los espaguetis, entonces —lamenté con total resignación.

WALKTIME

No obstante, cuando desvié la mirada hacia la encimera…
¡Encontré el *walkman* reparado!

10

Me abalancé sobre el *walkman* como si fuera el último vaso de agua del universo. ¡Qué alegría sentí al verlo; era como si me hubiese reunido con un amigo que no veía desde hacía una eternidad! Aunque, luego de abrazarlo y de darle unos besos —sí, confieso que lo hice—, lo apoyé nuevamente sobre la encimera y tomé distancia. Es que… ¿por qué me ponía así de contenta si ni siquiera sabía si estaba arreglado? La euforia puede volverse muy traicionera a veces, y no quería desilusionarme.

—Relájate, Mady —me dije—. No te adelantes, por favor.

Acto seguido, cerré los ojos, respiré profundamente, me quité las malas energías sacudiendo las manos sobre mi cuerpo y, cuando estuve lista, volví con el aparato.

En efecto, se trataba del *walkman* que había comprado en la feria: era azul, tenía los mismos raspones en la carcasa y también esa rajadura en uno de los laterales; las almohadillas de los auriculares eran naranjas y…

—¿Qué rayos es esto? —pregunté con una ceja en alto.

Levanté el *walkman* y noté que había sufrido unas modificaciones inesperadas: la tapa del compartimiento donde se colocaban las baterías había desaparecido y la había reemplazado una pieza rectangular con luces y transistores. Cuando la abrí, encontré el compartimiento en cuestión limpio y listo para usar.

—Bueno, supongo que Emma tenía razón: ¡Jacob fabricó los repuestos!

Aunque esa era una descripción simplista, porque los cambios no se limitaban al reemplazo de piezas defectuosas, sino a la adición de otras nuevas. Por ejemplo, allí donde había estado la botonera, apareció un *switch* rojo pequeñito que tenía una leyenda escrita en un pedazo de cinta adhesiva de papel.

—¿Modo supermúsica? —leí en voz alta.

Fruncí el entrecejo. ¿Qué demonios significaba «supermúsica»? ¿Acaso una forma diferente de escuchar mis *cassettes*? ¿Mejor calidad? ¿Volumen más potente? No podía tratarse de sonido estéreo porque el *walkman* ya lo traía como novedad.

—Supongo que lo averiguaré al encenderlo…

Abrí el cajón de los cubiertos en búsqueda de un par de baterías doble A y, tras revolver hasta en los rincones más oscuros y tenebrosos, las encontré al final de todo, debajo de unas velas para cumpleaños usadas y de una cuchara para bochas de helado. Como estaban algo sucias, las limpié con el trapo para secar los platos y las examiné. Probablemente, no tuvieran la carga completa; pero las probaría de todos modos. Por eso, las introduje en el *walkman* y fui directo a mi cuarto por algo de música.

—A ver, a ver… —Recorrí con mi índice el lomo de las

cajas de los *cassettes*—. Queen, The Beetles, Bruce Springsteen, Dire Straits... —Me froté la barbilla—. No, quiero algo diferente. Algo... —Y seguí leyendo—: «Éxitos - Verano del 81», «Éxitos - Verano del 82», «Verano del 83». ¿Dónde habré dejado el del 84? —Luego recordé que ese se había hecho trizas adentro del *walkman* anterior, así que me conformé con el de «Verano del 83», un compilado de clásicos que habían pasado en la radio hasta el hartazgo —. Veamos qué tan bueno es Jacob...

Introduje el *cassette* en la bandeja, me puse los auriculares, encendí el walkman y le di *play*. Comenzó a sonar *Billie Jean* y, automáticamente, las luces de la tapa de las baterías se encendieron y parpadearon al compás de la música. Asentí, conforme. ¡Qué buen complemento había agregado Jacob!

Sin embargo, la canción no se oía diferente. Tampoco más fuerte o nítida. Aunque, bueno, ¿qué otra cosa esperaba? Es decir, era un *walkman* común y corriente.

—No. Común y corriente no. —Y encendí el *switch* rojo.

Lo que vino a continuación... Digamos que no lo hubiera imaginado ni en mis sueños más locos.

11

—No sucede nada… —murmuré con decepción.

Solo por si acaso, moví el interruptor varias veces. CLIC, CLIC, CLIC, hizo. Pero la música sonó exactamente igual; no había cambios de ningún tipo. No perceptibles, al menos. Quizás, me dije, porque «supermúsica» no significaba nada de lo que me había imaginado. ¿Y si Jacob había intentado crear una nueva funcionalidad, pero había quedado incompleta? Me encogí de hombros; daba igual si el *walkman* estaba arreglado. ¡Ya tenía todo lo que necesitaba!

Bueno, todo no, porque también necesitaba algo de comida —mi panza comenzaba a rugir como un león embravecido—. Por eso, me colgué el *walkman* del pantalón, me ajusté los auriculares y así, escuchando *hits* gastados, regresé a la cocina por el tonto plato de espaguetis, que recalenté y comí sin ganas.

Acto seguido, lavé los platos —o mamá haría un berrinche— y fui a mi cuarto a hacer la tarea. ¡Qué fácil fue terminarla al compás de canciones como *Maniac*, *Hungry like the Wolf* y tantas otras! Pero debo aclarar que no la hice porque lo deseara, sino porque mamá no me dejaría salir sin mostrarle antes que estaba libre de obligaciones, y quería presumir mi nueva adquisición con mis amigas. ¿Qué dirían Berta y Eve?

—Se morirán de envidia. ¡Sí, señor!

Del mismo modo en que se murieron esas sucias baterías al terminar el *cassette*. Lo que me recordó que necesitaría un abastecimiento constante de ellas porque los *walkmans* devoran energía como yo bebo Coca-Cola. Pero ¿dónde podría conseguir unas en casa? O, dicho de otra forma, ¿a qué electrodoméstico podría robárselas sin que mamá ni papá se enteraran?

Los mandos a distancia no eran una opción: papá lo advertiría ni bien apoyara su trasero en el sofá y quisiera ver los partidos de fútbol; lo mismo sucedería con la videocasetera. ¿El mando del equipo de audio? Mamá escuchaba sus discos todo el tiempo. Y mejor ni pensar en el aire acondicionado…

—Demonios, ¡tendré que comprar nuevas!

Pero ¿con qué dinero? ¡Me lo había gastado todo en el *walkman*! Era una pena que no lo hubiera probado antes de que mamá saliera a hacer las compras. Tal vez, la hubiese podido convencer de que me trajera unas del súper…

—Por cierto… —Y levanté una ceja—. ¿No se está tardando demasiado?

Fui a la cocina a desechar las baterías y, en ese mismo instante, mamá entró a casa cargando unas bolsas llenas de compras.

—¿Me ayudas, Mady? —solicitó.

Cuando apoyamos las cosas sobre la mesa de la cocina —no olvidé ponderar lo limpia que la había dejado—, dije:

—¡Jacob arregló el *walkman*!

—Claro; de eso te hablaba antes de salir —expuso mamá.

—¡Y funciona de mil maravillas! —agregué.

—Obvio. Es muy bueno en lo que hace.

—¡El mejor!

—No olvides agradecerle la ayuda. No sé mucho sobre tecnología, pero se nota que hizo cambios sustanciales en el aparato. Quizás debas llevarle un regalo…

—¿Lo trajo él? —quise saber.

—No, fue tu padre durante el descanso del trabajo. —Mamá agarró un papelito que había en la encimera—. También te había dejado un mensaje. —Y lo leyó por mí—: «Que lo disfrutes. Jacob».

—Lo haré; ¡que no te quepa ninguna duda! —exclamé—. Bueno, si tan solo tuviera baterías…

—Oh, Mady, ¿siempre tienes que quejarte de todo?

—¡Nunca me quejo! —me defendí.

—Lo hiciste cuando llegaste hace un rato. Incluso sin haber escuchado lo que tenía para decir, que era justamente algo sobre el *walkman*…

—Bueno, mamá; lo siento. Es que no me gusta la pasta recalentada… —expliqué.

—¿Y eso que tiene que ver con el *walkman*?

—Que, cuando olí ese aroma espantoso, me puse de mal humor y mi mente se bloqueó.

—Lamentablemente, no hacía a tiempo para prepararte otra cosa —se excusó mamá—. Además, ¡tampoco es que la pasta me sale tan horrible!

—No es la pasta en sí; sino que está recalentada.

Mamá ladeó la cabeza.

—Sí, quizás tengas razón… —Se encogió de hombros y

agregó—: En fin, ¿me ayudas con las bolsas?

—¿Con las bolsas? —Y gesticulé exageradamente.

—Otra vez te estás quejando, Mady…

—¡No me quejé!

—Pero lo sugeriste con tus expresiones…

—Bueno, bueno; ¡lo siento! Es más fuerte que yo —dije con una sonrisa—. No hay Mady sin quejas.

Mamá me pellizcó una mejilla.

—Lo sé de sobra. ¡Eres la quejosa número 1 de la ciudad!

—Al menos, soy la primera en algo…

—¿Por qué dices esas tonterías? —protestó—. ¿Acaso la vida es una competencia?

—A veces sí —afirmé—. En la escuela, en los arcades, en los deportes…

—Pero no en casa —confirmó—. ¡Aquí nadie compite con nadie!

—¡Si papá y tú lo hacen todo el tiempo!

—¿Tu padre y yo competimos? —Resopló—. Inventas.

—Sí —dije con convicción—. ¡Siempre lo hacen!

—Eso es mentira, hija…

—¿Mentira? —Solté un «ja» irónico—. ¿Y qué me dices del jardín frontal? ¿Papá no lo siembra, riega y poda para que se vea mejor que el del vecino?

—Bueno… —Mamá meneó la cabeza—. No sé si eso pueda llamarse «competencia».

—¿Y qué me dices de la fiesta de fin de año del barrio en la que tú llevas la ensalada de fruta más grande?

—¿Eso es competir?

—Sí. Porque todos los años usas un recipiente más grande —recordé.

—¿O sea que compito conmigo misma?

Negué con la cabeza.

—No precisamente. Lo haces con la vecina de…

Mamá se apresuró a interrumpirme.

—Te repito, Mady: aquí nadie compite. Ni tu padre, ni yo, ni tú. De hecho, ¿quieres saber más? Puedes sentirte libre de ser la última en todo.

—¿Como en ayudarte con las bolsas?

Mamá rio con ganas.

—No, hija. ¡En eso serás la primera! —Y me entregó una bolsa repleta con latas de conserva—. Ubica el contenido en la alacena; ya sabes dónde va todo.

—Bueno…

«Al mal paso darle prisa» dicen, y eso fue lo que hice: coloqué las latas en las alacenas y corrí al pasillo antes de que me dieran otro encargo.

—¡Voy a lo de Berta! —grité—. ¡Nos vemos más tarde, mamá!

Sin embargo, antes de dar moverme, mamá me detenía con unos chistidos.

—¿A lo de Berta? —repitió—. ¿No trajiste tarea de la escuela, señorita?

—¡Claro, como todos los días! —afirmé—. Pero ya la hice. ¿Quieres verla?

Mamá levantó una ceja.

—¿Y cuándo fue eso? —cuestionó—. ¿Antes o después de comer?

—En el momento en que te tardaste un siglo y medio en regresar de las compras.

Mamá levantó la ceja aún más alto.

—¿Un siglo y medio?

—Quizás dos —me corregí.

—¿Y a ti te parece que quince minutos son dos siglos?

—¿Qué quince minutos?

—¿Estás bien, Mady? —me preguntó mamá—. Son las doce y media; apenas tardé quince minutos en hacer las compras…

Eché un vistazo al reloj de pared: un gato negro cuyos ojos iban y venían al ritmo de los segundos. En efecto, eran doce y media; habían pasado apenas quince minutos desde que mamá había salido de casa…

Pero… Había almorzado, lavado los platos, hecho la tarea… Eso me había tomado no menos de dos horas…

12

—Ve a tu cuarto y haz la tarea, Mady —ordenó mamá señalando el pasillo con su índice—. Y quizás, si está impecable y no queda una sola cuenta por hacer, te daré las baterías que te compré.

—¡Me parece una excelente idea! —respondí con una sonrisa forzada, y caminé hacia mi cuarto haciéndome un millón de preguntas. Porque era obvio que no habían pasado quince minutos desde que ella había salido. Es decir, puede que a veces tenga algo alterada la percepción del tiempo; no obstante, una cosa son diez o quince minutos y otra muy distinta, casi una hora. ¡Si había escuchado todo un *cassette*! Eso no podía habérmelo imaginado…

Entré a mi cuarto y busqué el libro de Ciencias. Lo abrí por la página cuarenta y siete, y sí: ¡allí estaba la tarea! Luego revisé el cuaderno de Matemáticas por la fecha de ese día: 9 de octubre. Había dos hojas enteras de cálculos terminados.

—Qué extraño…

Solo para quitarme la duda, miré el reloj despertador de mi

mesa de noche —es digital; no se congela en una hora específica si se queda sin baterías como habría podido suceder con el de la cocina—: marcaba las doce y treinta y cinco. O sea que, en efecto, mamá se había tardado no más de quince minutos en hacer las compras —tenía sentido, puesto que la tienda está a una manzana de casa—. Pero eso también significaba que yo había probado el *walkman,* había almorzado, había lavado los platos y, además, había hecho la tarea, ¡todo en el mismo tiempo!

—¿Cómo demonios hice tan rápido? —me pregunté—. Rayos, tal vez gané superpoderes…

O tal vez podía haber hecho la tarea en la escuela y, aunque me resultara imposible, ¡lo había olvidado! Pero eso no explicaba el almuerzo y el *cassette* que había escuchado…

Suspiré, me refregué la cara y traté de despejar mi cabeza de locuras. Era obvio que no tenía superpoderes; ni que había hecho tantas cosas en tan poco tiempo. ¡No estaba viviendo un capítulo de la *Dimensión desconocida*!

—¿O sí…?

Daba igual: la tarea estaba hecha y eso me habilitaba a juntarme con mis amigas. Por eso, le llevé mis cosas a mamá y se las enseñé.

—Todo listo —dije.

Mamá se mostró confusa.

—¿Lo trajiste hecho de la escuela?

—Sí —confesé. Vamos, ¿qué otra cosa podría haberle dicho?

—Bueno… —Mamá sacó del bolsillo de su pantalón un paquete de dos baterías doble A y me lo entregó—. ¡Diviértete con tus amigas!

—¡Eso haré!

—¡Y lleva una gorra, por favor! —gritó mientras corría al porche de casa.

Obedecí solo para demostrar que era una buena chica y salí al jardín frontal. Allí me calcé los auriculares por encima de la gorra, puse dos baterías nuevas en mi *walkman*, di vuelta el *cassette* y apreté el botón de *play*. Comenzó a sonar *Mr. Roboto*, una canción que siempre me pareció exótica y, a la vez, hipnotizante.

Acto seguido, monté la bicicleta, bajé al asfalto y pedaleé hacia la casa de Berta.

13

El sol estaba fuerte. Sin embargo, con el viento pegándome de lleno en la cara, no se sentía tanto. O sea, no podía compararlo con un aire acondicionado, pero al menos no transpiraba como un puerco. Lo que me llevó a preguntarme por qué demonios no había pedaleado hasta la venta de garaje del sábado… No encontré una respuesta; creo que simplemente lo había pasado por alto. ¡Tonta de mí!

¡O tonto del conductor contra el que casi choco! Pues, una calle más adelante, había un Ford detenido en el medio de la calzada. Y con «en el medio» me refiero a «bloqueando la calle por completo». Pensé que iba a arrancar o que se movería; pero no, se quedó ahí quietecito.

—¡Pedazo de imprudente! —grité. Bueno, no dije exactamente eso; pero la idea es más o menos la misma.

Qué rabia me dan los conductores distraídos. Porque se quejan todo el tiempo de los ciclistas: que circulamos en contramano, por las aceras, que no respetamos a los peatones; y no se dan cuenta de que ellos son tan o más imprudentes que nosotros. Al punto de que uno se pregunta si pasaron el examen de conducir o no. O bien quién fue el idiota que aceptó entregarles la licencia…

Esquivé el coche y continué un poco más; hasta que… ¿otra vez? Había dos coches detenidos en una esquina, un Chevrolet y una van, ambos entorpeciendo el paso. ¿Por qué no se movían? ¿Y por qué no se insultaban si habían estado a punto de chocar? No importaba, yo lo hice por ellos:

—¡Muévanse, tontos! —exclamé, sacudiendo el puño.

Rodeé la *van* y luego a una señora que, al igual que todos los demás, permanecía estática como…

Clavé los frenos, que chirriaron y dejaron una marca negra en el asfalto; por poco y no caigo hacia delante.

—¡¿Qué demonios?!

Incrédula, eché un vistazo por sobre mis hombros. ¿Era verdad lo que veía? No, tenía que haber un error. ¡Me lo estaba imaginando; claro que sí! Porque… era imposible que una persona montara su bicicleta y, sin avanzar, hiciera equilibrio sobre las dos ruedas, ¿cierto? Hasta los acróbatas tienen que dar saltitos para no caer. ¿Y esa señora…? ¿Y por qué no pestañeaba y su falda no caía por efecto de la gravedad?

Algo no andaba bien, podía presentirlo. Primero los coches, luego la señora… ¿Y ese chorro de agua del regadero que no tocaba jamás el suelo? ¿Y ese pájaro que, aun sin aletear, permanecía en el aire?

Tragué saliva, bajé de mi bicicleta y caminé hasta el bordillo de la acera. Me senté y traté de tranquilizarme. ¿Por qué las cosas estaban quietas? Era como si el tiempo…

—¡Santo cielo! —exclamé.

¡Era como si el tiempo se hubiera detenido!

—Tranquila, Mady; tranquila. Te lo estás imaginando; no es verdad… —traté de convencerme. Pero ¿cómo rayos estaba todo inmóvil a mi alrededor?—. Es un sueño, ¡estás soñando!

Mr. Roboto comenzaba a encrespar mis nervios, así que presioné el botón de *stop* del *walkman*, me quité los auriculares y…

¡LAS COSAS EMPEZARON A MOVERSE!

14

Solté un gritito agudo y la señora que andaba en bicicleta se detuvo frente a mí.

—¿Estás bien, niña? —me preguntó—. ¿Te caíste? ¿Estás lastimada? —Me le quedé viendo como una tonta. No le contesté; no sabía qué decir—. ¿Niña?

Sacudí la cabeza y traté de recuperar la compostura. Me costó bastante, pues era la primera vez que protagonizaba una alteración del tiempo y del espacio.

—Em… —Asentí con nerviosismo—. Sí, sí, sí. ¡Estoy perfecta! —exclamé. Me puse de pie y di un salto acrobático—. ¡De mil maravillas!

La señora me observó algo confundida.

—Bueno, mejor así… —Y continuó pedaleando.

La seguí con la mirada, atónita. No podía creer que segundos atrás había estado congelada en el medio de la calle. Aunque tuve que despabilarme porque el regador me dio de lleno en la espalda.

—Hey, ¡pedazo de idiota! —gritó alguien a unos metros de

donde estaba—. ¿Cómo te cruzas así?

—¿Que yo me crucé? —Un portazo me obligó a mirar en la dirección de donde provenía el escándalo: era la esquina del Chevrolet y la *van*—. ¿O será que no tienes frenos?

El conductor de la *van*, un sujeto corpulento y desalineado, caminaba hacia el Chevrolet decidido a zanjar la trifulca a golpes. O eso supuse por su andar pendenciero y porque se arremangaba la camiseta. En el hombro derecho tenía el tatuaje de una calavera sangrante, ¡qué miedo!

—¡Estás muerto! —dijo—. ¡Ya verás!

Sin embargo, quien manejaba el Chevrolet no se sintió amedrentado, porque se apeó con un bate de béisbol en la mano. Agucé la vista y me llevé una gran sorpresa al reconocer a Oscar, el profesor de Educación Física de la escuela.

—¡Verás tú! —gritó—. ¡Te haré papilla! —Y lanzó un golpe que, por suerte, el conductor de la *van* esquivó con astucia. De no haberlo hecho, le hubiese partido la cabeza como a una sandía que cae al suelo.

Rayos, ¡esos dos se matarían y no había nadie que pudiera impedirlo! Ni vecinos, ni policía, ni…

—Momento… —me dije—. ¿Y si yo puedo?

Se me ocurrió colocarme los auriculares y darle *play* al *cassette*, y, en ese mismo instante, ¡el tiempo se detuvo otra vez! Fue súbito y también atemorizante: la señora de la bicicleta quedó congelada en el giro de la calle; el regador dejó de regar, y el bate de Oscar frenó su recorrido a cinco centímetros de la nariz del conductor de la *van*.

—Esto es increíble…

Caminé en dirección a la batalla pisando como un astronauta, lentamente. Observaba a mi alrededor con desconfianza; muy en el fondo, quería convencerme de que estaba en un sueño o en medio de una broma. Pero no, ¡era la vida real! Y de alguna forma que todavía no comprendía, ¡el *walkman* era capaz de detener el tiempo!

Al llegar con esos dos, me tomé unos segundos para estudiarlos. En efecto, estaban quietos como estatuas: no se movían, no pestañeaban, no respiraban. ¡Era como si hubiese presionado el botón de pausa de la videocasetera de papá! Que, claramente, también afectaba a las demás cosas, porque las hojas de los árboles permanecían estáticas, como así también las nubes del cielo y un perro que perseguía un gato.

Toqué la espalda de Oscar con mi índice y el profesor no se dio por enterado. Luego chasqueé mis dedos adelante de su cara, y tampoco respondió. Me era imposible determinar si no podía o no quería hacerlo; aunque me inclinaba más por la primera opción.

—¿Profesor? —llamé—. ¿Está ahí?

Por supuesto, no respondió; tampoco el conductor de la *van*.

Pensé en detener el *cassette* para chequear si, en efecto, el tiempo retomaba su cauce normal; pero, de hacerlo, Oscar hubiese terminado en la cárcel y el conductor de la *van* posiblemente en el hospital o en la morgue. Por lo tanto, hice lo que cualquiera hubiera hecho: le quité el bate a Oscar —fue más fácil de lo que hubiera creído: sus dedos se abrieron fácilmente, no estaban cerrados en un agarre constrictor— y lo escondí detrás de un arbusto. Luego, como era obvio que continuarían peleando con o sin el bate, fui hasta sus coches y les quité el freno de mano. Ambos estaban apagados y las pendientes de las calles no eran pronunciadas; así que no había peligro de que atropellaran a una persona o de que chocaran con algo más. Me bastaba que se movieran un poco como para que ambos conductores regresaran a los vehículos y, ya con la pelea desactivada, continuaran su camino en paz.

—Bien, creo que es suficiente —dije.

Fui hasta mi bicicleta, apreté *stop* y se hizo la magia: Oscar, sin el peso del bate en los brazos, giró en el lugar y trastabilló. El conductor de la van, cuyo ángulo de visión le permitía mirar a su vehículo, notó que este comenzaba a desplazarse calle abajo y, presa del pánico, dejó atrás a Oscar para salvarlo. Este último corrió segundos después a su coche por la misma razón.

Yo monté la bicicleta y sonreí.

—Esto se va a poner bueno…

15

Por supuesto, en ningún momento de lo que me faltaba para llegar a la casa de Berta me quité los auriculares. ¡No podía! Vamos, ¿cómo hacerlo, si tenía el control del tiempo en mis oídos? O eso creía, porque, con solo poner una canción, ¡el mundo dejaba de girar! Y eso es controlar el tiempo, ¿no? Es decir, ya no era necesario mirar a ambos lados en los cruces, ni frenar ante un niño que bajaba al asfalto para atrapar una pelota, ¡ni ayudar a una viejecita en el semáforo! En tanto mantuviera el *walkman* en funcionamiento, aparentemente, ¡era la dueña de la ciudad!

Frené en el jardín de Berta y apoyé mi bicicleta en el césped. Luego, mientras caminaba por el sendero de baldosas para llamar a la puerta, me distraje con un gato que había saltado del cerco lindero pero que todavía no había tocado el suelo. Me acerqué a él y me puse de cuclillas para observarlo.

—¡Súper!

Era increíble estar frente a un ser vivo que, por esas alteraciones del universo, ahora estaba congelado. Es decir,

¿cómo era posible? ¿Él estaba quieto o yo me movía muy rápido?

Lo dejé atrás y subí al porche de la casa; si no comenzaba a moverme de verdad, ese día tendría mil horas. ¿Se imaginan? De tanto detener el tiempo, ¡lo habría alargado quién sabe cuánto! Necesitaría un reloj para medirlo. Aunque ¿y si este también se detenía? Era lo que debería de suceder, ¿no? ¿O aquello que tocara no se vería afectado por el fenómeno? Me encogí de hombros; luego lo averiguaría.

Toqué timbre y esperé por un buen rato. ¡Hasta que recordé el asunto del tiempo! Nadie me atendería con el *walkman* en funcionamiento… Por eso, apreté *stop* y toqué timbre una segunda vez.

Al instante, llegó a mis oídos el grito de Berta.

—¡Ya voy, ya voy! —Un segundo después, abría la puerta—. Pasa —me dijo, y apuntó a las escaleras. Sin embargo, se detuvo luego de tres pasos y giró con un saltito—. ¿Y ese *walkman*? —preguntó con los ojos abiertos y brillosos. Por un segundo, fueron más azules que de costumbre.

Para quien no la conoce, Berta es de estatura mediana —quizás un poquito más alta que yo— y de piel blanca como la nieve; tiene pecas en toda la piel, y su cabello es de un rojo apagado, no como el mío que es brillante. Es malhumorada y bastante cabezona cuando le llevan la contra.

—Bueno… —me acomodé el flequillo con la mano—. ¿Recuerdas esa compra que hice en la venta de garaje?

—¿Este es ese *walkman*?

Se acercó a mí y, en un parpadeo, me lo desenganchó del *short* y lo desconectó de los auriculares. No me esperaba ese gesto. Tuve miedo de que sus manos arruinaran el aparato, así que lo recuperé con un truco que jamás falla:

—¡Cuidado que está empapado de transpiración! —advertí con cara de susto.

Berta me devolvió el *walkman* como si quemara. No me sorprendí, pues, para ella, cualquier cosa que tenga contacto con su piel como la suciedad, la transpiración, el barro, el polvo, la lluvia, un viento muy fuerte, las hojas que caen de los árboles, el césped recién cortado, un estornudo, un tosido y una prenda que no es de ella —entre una larguísima lista de cosas— posee la capacidad de volverla loca.

—Me lo hubieras dicho antes… —gruñó—. ¡Ahora tendré que lavarme las manos! —Y las sacudió en el aire.

—Otra vez… —musité.

—¿Cómo dijiste?

—¡Que eres una niñita! —rezongué.

Berta negó con la cabeza y fue al baño. En ese mismo instante, activé el *walkman* —le haría una broma— y…

¡No sucedió nada!

16

A decir verdad, sí sucedió: el tiempo se había detenido. No obstante, como estaba sola en ese pasillo, realmente no había muchas formas de darme cuenta del cambio. No lo advertí hasta que me asomé por la puerta del baño y vi a Berta con cara de asco lavándose las manos con un chorro de agua estático.

Levanté una ceja y me rasqué la barbilla. ¿Debía hacerle la broma? Sería muy fácil dejarla en ridículo y salirme con la mía sin que nadie se diera cuenta. Sin embargo, no me pareció honesto: Berta podrá ser una pesada, pero es mi amiga.

En cambio, avancé *Can't Help Falling in Love*, una canción bastante sosa y aburrida. El asunto es que... ¡conforme avanzaba la canción, también avanzó el tiempo! En menos de diez segundos, ¡se había puesto de noche! Rayos, estaba en el mismo lugar, pero ¡de noche!

Entré en pánico y presioné *stop*. ¿Acababa de suceder lo que yo creía que acababa de suceder? ¡¿Además de detener el tiempo, podía adelantarlo?! ¿Realmente podía viajar en el tiempo? Me hiperventilé: eso agrandaba el horizonte de posibilidades casi de forma infinita. Es decir… ¡Podía viajar al maldito futuro!

—Momento —me dije—. ¿Y si también puedo volver al pasado?

Supongo que había una sola forma de comprobarlo: ¡rebobinando la cinta! ¿No era así como funcionaba? Si escuchaba música, se detenía; si adelantaba el *cassette*, viajaba al futuro. Entonces, si rebobinaba, ¡debía volver al pasado!

—A ver, señor *walkman*; enséñeme de qué es capaz…

Presioné el botón de *rewind* y, en un parpadeo, las cosas parecieron licuarse a mi alrededor; era como si los colores se mezclaran y las líneas se esfumaran. ¡El mundo se derretía frente a mis ojos!

—¡Funciona, funciona! —Invadida por una euforia inconmensurable, detuve la cinta en el momento en que Berta se lavaba las manos. Me quedé pasmada, mi amiga estaba en el mismo lugar en donde la había dejado—. ¿Berta?

—¿Qué haces ahí parada, Mady? —me preguntó—. ¿Y por qué pones esa cara de idiota?

Supongo que la sonrisa de oreja a oreja que adornaba mi semblante no tenía explicación para ella. Pero ¡para mí sí! Había viajado al futuro ida y vuelta. ¡Era la primera persona capaz de…!

—¡SÍÍÍÍÍÍÍ! —grité.

Berta frunció el entrecejo.

—¿Estás bien, Mady?

—¿Que si estoy bien? —La tomé por los hombros y la sacudí—. ¡ESTOY GENIAL, BERTA!

—La verdad, no se nota… —murmuró, apartándome con

un empujoncito—. ¿Quieres que llame a tus padres?

—¡Nos vemos al rato! —Y corrí a mi bicicleta.

Tenía… ¡tenía que aprovechar el descubrimiento! Pero ¿por dónde empezaría?

17

Le di *play* al *walkman* y comenzó a sonar *Sweet Dreams* de Eurythmics. Me encantaba esa canción, y me pareció que tenía un ritmo perfecto para hacer un recorrido breve por la ciudad y maravillarme con los prodigios de mi nueva máquina del tiempo. Debía ponerme en onda, ¡estar al tanto de todas las posibilidades que se abrían en mi vida!

En el centro, la gente estaba quieta como en una fotografía: se habían congelado mientras cruzaban la calle, entraban a una tienda o charlaban con un vecino; en la zona residencial, había interrumpido a padres que cortaban el césped o a muchachos que paseaban a sus mascotas, y cerca de casa… Allí intercepté al camión de los helados.

¡Cómo me gustan los helados! Me fue inevitable entrar al camión y probar todos y cada uno de los sabores. ¡Qué delicia! Había algunos que no conocía. Por supuesto, pagaría de mi bolsillo la travesura cuando consiguiera unos dólares. Pero, de momento… ¡nadie se enteraría!

—¿Y ahora qué? —me pregunté en una esquina—. ¡Ya sé!

¿Y si veo qué sucede mañana?

Planeaba presionar *forward,* cuando noté que la rueda delantera de mi bicicleta estaba ligeramente desinflada. Como no estaba segura de si era algo nuevo o había pedaleado todo el día en esas condiciones —la emoción de los viajes en el tiempo puede hacerte pasar por alto muchas cosas y olvidar otras, como lo que relataré en breve—, descargué el peso de mi cuerpo sobre el manillar. Para mi descontento, la rueda se aplastó bastante, indicándome lo que tanto temía: había pinchado.

— ¡Estoy a diez calles de casa! —gruñí—. Me lleva el diablo…

Sin embargo, estaba maldiciendo de puro gusto. ¿Por qué me ofuscaba si no perdería un solo minuto de mi día? Con el *walkman* en funcionamiento, ¡los retrasos no existían! Sí, caminaría al rayo del sol sufriendo como una puerca que va al matadero; pero ¡apenas si había pasado de la una y media de la tarde! Y llegaría a casa a esa misma hora. ¿Podía quejarme? Yo creo que no.

—Bueno, Mady; deja de llorar. ¡Andando!

18

Ay, ¡qué calor! Dios santo, ¡qué manera de transpirar! Detener el tiempo un día de verano cuando el sol está bien arriba no había sido lo más inteligente del mundo. Como no lo hubiese sido en plena tormenta, ¿cierto?

—Tonta Mady… —susurré—. ¡A ver si aprendes!

Me dije que, además del reloj, tendría que llevar un anotador para escribir algunas reglas que me permitieran viajar al pasado o al futuro y no perecer en el intento. No era muy fanática de las películas de ciencia ficción, pero estaba al tanto de que los viajes en el tiempo son cosa seria y pueden desencadenar los problemas más psicodélicos.

Cuando faltaban dos cuadras para llegar a casa, mientras sonaba *She Works Hard for the Money,* tuve que subir el volumen del *walkman* porque apenas escuchaba la canción. No quería perdérmela, ¡con lo que me fascinaba!

—¡A ver si te apartas, niña! —escuché de repente a mis espaldas. Un bocinazo no se hizo esperar.

Me di vuelta con el corazón desbocado: un señor a bordo

de una camioneta Toyota me observaba a través del parabrisas con cara de pocos amigos. Había frenado a un metro de mí. Me hizo un gesto con las manos para que me hiciera a un lado, pero la conmoción por no entender qué había fallado con el *walkman* no me permitió actuar.

¿Cómo… cómo era posible? La música no había parado de sonar. ¿Por qué, entonces, el mundo había retomado su cauce natural? ¿Tan rápido se había acabado lo bueno?

Miré el visor de la bandeja del *cassette*: la cinta giraba, pero parecía que se detendría en cualquier momento. ¡Que fue lo que sucedió!

—Claro… —Y al señor, mostrándole el *walkman*—: ¡Se agotaron las baterías!

—¡Muévete del medio, niña! —me gritó desde la ventanilla de su camioneta—. ¡O te arrollaré!

Me apresuré a subir a la acera y saludé al señor con una sonrisa. Él, en cambio, me dedicó un dedo medio y algunas groserías. ¡Qué maleducado!

—Bueno, Mady; hasta aquí llegaron los viajes en el tiempo.

Que, a decir verdad, habían durado bastante. ¿Cuántas veces había dado vuelta el *cassette*? No menos de tres. Lo que me daba como resultado dos horas y media de música.

Dos horas y media en que el tiempo fue solo mío…

—¡Y todo por el valor de un par de baterías doble AA!

Que, dicho sea de paso, necesitaría en cantidades industriales si quería divertirme más. Por eso, cuando llegué a casa, fui en dirección a mi cuarto a buscar algunas. El problema fue que mamá me interceptó antes…

—¿Tan pronto de vuelta, Mady? —me preguntó. Y se agarró la cabeza—. Dios santo, ¿por qué estás así de colorada?

—Berta no estaba —mentí—. ¿Colorada? ¿Yo? ¿De qué hablas, mamá? Como podrás ver, todavía traigo mi gorra…

—Pero, Mady… —Se acercó a mí y me levantó la manga de la camiseta—. ¡Te has quemado!

Observé la diferencia de tonos de piel —la parte descubierta tenía el tono del kétchup, y la otra, estaba blanquita como la leche—, y luego recordé todo el tiempo que había pedaleado al rayo del sol. ¿Dos horas y media había dicho? Maldición…

—Se ve horrible, ¿verdad…?

—¡Espantoso! —ratificó mamá—. Ahora mismo, señorita, te darás una ducha y luego te embadurnaré con crema. ¡De pies a cabeza! Y si tienes suerte, podrás dormir acostada hoy a la noche.

—Pero, mamá…

—¡Sin peros!

Supongo que había metido la pata. Y como no tenía baterías para eludir el reto ni el castigo, no me quedó otra más que obedecer…

19

Luego de la ducha y del baño de crema —debo confesarlo: qué relajante fue—, mamá me castigó y me obligó a permanecer en el cuarto haciendo la tarea por lo que restó del día. Fue inútil mostrarle los ejercicios terminados, o jurarle y perjurarle que, si salía, tomaría los recaudos necesarios para no quemarme —más de lo que ya estaba—. Como toda mamá, se mantuvo inflexible y, hasta la mañana siguiente, el mundo exterior fue un lugar prohibido para mí. Lo peor del asunto fue que no encontré una sola batería cargada en mi cuarto y, por lo tanto, no pude modificar el tiempo para eliminar el castigo.

La verdad, si bien el día había comenzado de mil maravillas, se transformó muy pronto en un aburrimiento. O, más bien, en un período de ansiedad absoluta en el que solo pude pensar en el *walkman*. Es decir, tenía en mis manos un artefacto capaz de viajar en el tiempo, el sueño loco de cualquier persona, ¡y no podía aprovecharlo! Me había ganado la lotería, y estaba esperando a conseguir dos tontas baterías para disfrutarla… ¡Qué suerte la mía!

No obstante, nada impidió que me preparara para cuando sí pudiera hacerlo. Me coloqué un reloj de pulsera —lamentablemente, el único que funcionaba era uno de Minnie que había conseguido en la máquina de premios de los arcade— y guardé en mi bolsillo un bloc de notas que utilizaría para escribir reglas, consejos y también llevar un historial de las locuras que haría.

—¿Cómo va la tarea, Mady? —me preguntó mamá a eso de las seis. Había aparecido a traerme la merienda: unas galletas con leche y una barrita de cereal.

—La terminé al mediodía... —rezongué, acostada en la cama boca arriba mientras observaba el devenir del tiempo—. Te dije lo mismo las últimas tres veces que viniste a comprobar que no me hubiera escapado.

—Nunca se está del todo segura...

—Deja el plato sobre el escritorio, mamá. Y vete, ¿sí?

—¡Nos vemos en la cena, cariño! —Y se retiró.

Comí las galletas y bebí la leche pensando en los manjares que podría conseguir si detenía el tiempo en el lugar y momento adecuados. Ya había probado todos los sabores del carro de los helados. ¿Y si conseguía colarme en la pastelería del centro comercial? Momento, ¿qué digo la pastelería? ¡Allí también estaba la tienda de dulces! De solo imaginarme zambullida en las bandejas de chocolates...

Pero, obviamente, el *walkman* me tenía deparadas otras aventuras... Unas inesperadas y bastante desagradables. Porque el martes llegó y, con él, un incidente que destruyó algunas líneas temporales que me costó muchísimo reparar. ¡Por poco y no esfumó el universo! Aunque, para ser sincera, no fue culpa del martes ni del incidente, sino mía por tomarme

a la ligera los viajes en el tiempo.
 En fin… ¡A los hechos!

20

Allá por el principio mencioné que yo era el objeto de las burlas de mis compañeros. A veces, me llenaban el casillero con confeti; otras, me escondían el cambio de ropa después de las clases de natación y debía esperar a que algún alma benévola se apiadara de mí y me revelara dónde había quedado, y las menos —pero las peores— me dejaban en ridículo adelante de toda la escuela. El incidente en cuestión fue uno de estos últimos…

—Mady, ¿qué fue la locura de ayer en casa? —me preguntó Berta cuando nos sentamos en una mesa apartada del comedor de la escuela.

Era el tercer recreo y nos disponíamos a engullir unos bocadillos. Yo había llevado unas barritas de cereal —mamá había comprado una caja para papá y, como a él no le habían gustado, decidieron que yo fuera quien se las comiera— y Berta un alfajor de chocolate blanco, siempre el mismo. Se había sentado frente a mí.

Oh, ¡casi lo olvido! A mi derecha se encontraba Evelyn, una

niña rubia y de ojos color miel, parte de nuestro grupo de amigas.

—Nada —respondí desviando la mirada.

—¿Nada? —Berta levantó una ceja; no era tan fácil de engañar—. No te veías como si «nada» hubiera sucedido…

—¿Y qué tiene de malo?

—No me permitiste usar tu *walkman*. —Se inclinó sobre la mesa—. ¿Qué escondes? ¿Y por qué llevas puesto ese reloj de Minnie?

Me sonrojé. ¡Esa niña es tan incisiva y detallista!

—Nada, nada. Recordé una tarea pendiente y decidí regresar a casa para terminarla —dije—. ¿Por qué tanto alboroto?

—Porque te veías contenta… —recordó Berta—. ¿Y quién se pone contenta porque tiene que hacer tarea? —Observó a Evelyn, ocupada con unos dulces, y le preguntó—: ¿Acaso a ti te gusta la tarea, Eve? ¿Festejas cuando la señorita Taylor nos arroja un cuaderno entero de fórmulas matemáticas? —Evelyn tenía la boca llena de chocolate, así que negó con la cabeza—. ¿Lo ves, Mady? A Eve no le gusta la tarea, a mí no me gusta la tarea. ¿Y a ti? ¿Te gusta la tarea, Mady?

—¿Y por qué estás así de achicharrada? —agregó Eve cuando tragó los chocolates—. ¿Te quedaste dormida bajo el sol?

Avergonzada, traté de cubrirme los brazos con las mangas de la camiseta. Por supuesto, fue en vano.

—Mi piel es muy sensible —me excusé—. Ya saben que un poco de sol me deja…

—¡IGUAL AL KÉTCHUP! —gritó Billy, arrojando sobre mi cabeza un vaso con aderezo hasta el tope. El maldito había vaciado en el interior un millón de sobres que se había robado de la cafetería.

—¿Qué rayos…?

—¡Dios santo, Madelaine! —exclamó Berta, jalando de sus trenzas.

Antes de qué me diera cuenta de lo que sucedía, el frío pegajoso del kétchup se desparramó lentamente sobre mi cabello y cara; luego sobre mi ropa, y, finalmente, cayó al suelo en forma de moco.

PLAF, PLAF, PLAF hizo.

—¿Qué… qué es esto? —tartamudeé. Sabía que era kétchup, porque lo olía, lo saboreaba y porque Billy me llamaba así desde el primer grado; pero no me había esperado aquella broma. Había sido intempestiva, ruda y exagerada. ¡Recibí el plato principal sin un chiste de por medio!

En menos de un segundo, me invadió una angustia enorme, mi cerebro se apagó y sentí que el mundo se derrumbaba. ¡Qué experiencia horrible! Toda la escuela me observaba y se reía de mí. ¡Maldito Billy! Por su culpa me señalaban como si fuera el chiste más gracioso del universo.

—¡KÉTCHUP, KÉTCHUP, KÉTCHUP! —repitió cada alumno de la cocina.

¡No sabía qué hacer! ¿Limpiarme? ¿Gritar? ¿Llorar? Menos mal que Berta y Eve estaban conmigo: rápidamente, me tomaron por las muñecas y me evacuaron de allí.

21

—¡Juro que ese idiota las pagará! —refunfuñaba Berta. Había sacado su kit de limpieza de cutis de su casillero y se empeñaba en limpiarme el desastre que tenía en la cabeza—. Oh, ¡ya verá! —repetía, quitándome el kétchup del cabello y de la cara—. Lo dejaré en ridículo, lo haré papilla, ¡lo mataré!

—No fue nada —dije, esquivando la mirada de los niños que pasaban por el corredor y me señalaban como un fenómeno de circo—. Es apenas un poco de kétchup…

—¿Un poco? —repitió Berta—. ¡¿Solo un poco?!

—Bueno, quizás algo más que un poco —acepté—. Pero no es para preocuparse.

—¡Porque lo mataré!

—En vez de matar a nadie —acotó Eve, hasta ese momento en silencio—, mejor vayamos por el director —sugirió—. ¡Alguien tiene que hablar con los padres de Billy!

—Por favor, chicas; no hagamos de esto un escándalo. No es para tanto.

—¿Estás escuchando las tonterías que dices? —me increpó

Berta—. ¡Deja de normalizar a ese idiota! Te hace la vida imposible, ¡y tú sigues como si nada!

—No, Berta; te equivocas. No hago «como si nada». Pero tampoco puedo hacer demasiado para evitarlo —dije—. Él es más grande, más fuerte, y tiene de cómplice a toda la escuela. Las únicas que me apoyan son ustedes dos.

—Sí, sé que no es suficiente, Mady —se lamentó Eve—. Por eso sugiero que acudamos con un mayor.

—No subestimaba su apoyo, chicas. Solo decía que estamos en clara desventaja.

—Y si permaneces sumisa, ¡cuánto peor! —gruñó Berta.

—Mejor, peor… ¿Y si lo olvidamos? —propuse.

—Yo no lo olvidaré —afirmó Eve—. Así que da igual lo que digas; iré con el director —ratificó, y echó a correr por el pasillo hacia la oficina del señor Stine.

—Yo terminaré con tu cabello y luego le daré una patada a Billy en los testículos —prometió Berta, enseñando los dientes—. Justo cuando entre al aula. A ver si es tan macho cuando se le ríen en la cara…

—Solo conseguirás que se empecine también contigo, Berta. Déjalo así, ¿quieres?

Berta negó con la cabeza enfáticamente.

—No, no quiero —dijo—. Le daré una patada en los testículos.

—¿Y si pruebas en el tobillo?

—¡Por supuesto que no!

Abrí la boca para decir algo más, pero la discusión ya estaba perdida: Berta había dictaminado una patada en los testículos, ¡y en los testículos sería! Era una pena que no pudiera evitarlo…

Momento. ¡Claro que podía! Era cuestión de aprovechar el *walkman* para viajar en el tiempo al mismo instante en que Billy ejecutaba su travesura, ¡y detenerlo! Lo único que necesitaba eran…

—Baterías doble AA —musité.

—¿Qué dices? —Berta arrojó las toallitas en un cesto.

—Por una de esas casualidades, ¿no tendrías un par de baterías doble AA?

—¿Para qué las quieres?

—¿Tienes o no, Berta?

Mi amiga negó.

—¿De dónde quieres que las saque, Mady? Estamos en la escuela, no en una tienda de electrónica…

—Bueno, qué sé yo… ¡Quizás tenías algunas!

El timbre del final del recreo sonó y Berta se acomodó los pantalones.

—Es hora.

—Berta… —La tomé por los hombros—. ¿Por qué no lo meditas un poco? —dije—. No creo que sea una buena idea patear a Billy…

—¡En los testículos! —aclaró como para que no quedaran dudas de dónde sería el ataque.

—Por favor…

—¡De nada, amiga!

Guardó el kit de limpieza en su casillero, se acomodó los pantalones y caminó decidida al aula.

Dios santo, ¡qué lío se armaría!

22

Volé hasta mi casillero, agarré el *walkman* como si se tratara del último juguete en oferta de una góndola, y me aboqué a encontrar dos malditas baterías. ¡Tenía que haber en algún lado! Pero solo veía niños que regresaban a sus aulas y profesores que ponían orden aquí y allá…

—¿Dónde, dónde, dónde?

Daba saltitos de angustia y preocupación. El tiempo corría inefable y Berta estaba cada vez más cerca de firmar su sentencia de muerte: le daría una patada a Billy, ¡y luego él le arrancaría la cabeza!

—Esto no puede estar pasando… —lamenté—. Piensa, Mady; ¡por lo que más quieras! —Pero mi cerebro se apagó otra vez. ¡Qué racha!

Muy pronto, las únicas que quedamos en el corredor fuimos la preceptora Verónica y yo.

—Mady, ¿por qué estás paseando? —me interpeló.

—Em… —Cerré los ojos y clamé al cielo por una excusa creíble y, sobre todo, rápida. Por fortuna, llegó un instante después—: Regresaba del baño porque… —Y simulé lavarme el cabello.

Verónica entrecerró los ojos. Probablemente, no hubiera reparado en mi cambio de *look* de no ser por mi comentario, y ahora que había puesto su atención en él, haría preguntas sobre un incidente del que prefería que las autoridades de la escuela permanecieran al margen.

—¿Quién te lo hizo? —preguntó.

Rayos, ¡había metido la pata!

—Em…

—Mejor no me lo digas; ya sé quién fue. —Y luego reparó en mi *walkman*—. No lo rompió, ¿verdad?

—No, ¡nada de eso! —me apuré a contestar—. ¡Está en perfectas condiciones!

—Mejor así. —Me guiñó un ojo y agregó—: Yo tengo uno. Es una pena que gasten tantas baterías…

—¡Ni que lo digas! —exclamé, queriendo cambiar el foco de la conversación—. Me pasa todo el tiempo. —Miré al suelo y negué con la cabeza, simulando tristeza—. Lo peor es que ocurre justo cuando más lo necesitas: planeaba grabar la clase del señor Bradley, ¡y ahora no puedo!

Verónica se quedó pensativa.

—Ese profesor habla muy rápido —dijo—. Y grabar las clases sería provechoso… Digo, mientras vas al baño a quitarte eso. —Se rascó la cabeza—. ¿Sabes? Creo que en mi oficina tengo unas baterías que podrían servirte.

—¿De verdad?

—¡Claro! —Y luego por lo bajo—: Bueno, en realidad, no son mías, ni tampoco están en mi oficina… Pero ¡sí te servirán! —afirmó—. Sígueme.

Caminamos a paso acelerado por el corredor y giramos a la derecha en uno transversal. Me generó cierta angustia toparme con Billy de camino al aula. Verónica, por el contrario, se aclaró la garganta y lo increpó:

—¿A dónde vas?

—¡Piérdete!

—¿Cómo dijiste, William?

—¡Que te pierdas!

—Te lo preguntaré una vez más, y espero que la respuesta sea «al aula», porque tú y yo tenemos que hablar —advirtió—. ¿A dónde vas?

—¿Y a ti qué te importa? —respondió Billy de mal modo.

Verónica regresó sobre sus pasos para abordar al idiota, pero él le dedicó un dedo medio y entró al baño de hombres. Verónica rechinó los dientes y volvió conmigo.

—Ya verás cómo sí le importa este fin de semana —manifestó por lo bajo—. Su madre va al mismo salón de belleza que yo. Le contaré sobre este incidente, quizás adornándolo un poco, y ese briboncito terminará el sábado con el trasero hinchado de tantas patadas. Bueno, hoy también, porque lo estaré esperando a la salida del baño para…

—Déjame adivinar: ¿para darle una patada?

—¡Exacto!

—Pero ¿puedes…?

—¿Golpearlo? —Verónica negó con la cabeza—. No, no puedo.

—¿Entonces?

—Que no pueda no significa que no tenga ganas de…

—Darle una patada, ya entendí.

Patadas, patadas… ¿Por qué todo el mundo arreglaba las

cosas con patadas? ¿No era mejor hablar como personas civilizadas? La violencia nunca lleva a ningún sitio.

—Aguarda aquí —pidió Verónica, deteniéndose en la puerta de la oficina de la secretaria.

—¿Aquí? —Miré a ambos lados del corredor; se veía desolado—. ¿Y si viene Stine? —consulté. Mi miedo, en realidad, era que lo hiciera junto a Eve. ¿Qué diría entonces?

—¿Todavía piensas que Stine es quien manda aquí? —Soltó un gracioso «ja» y entró a la oficina. Segundos después, me entregaba un par de baterías doble AA—. ¿Sirven?

—¡Obvio! —Y las puse en el *walkman* tan rápido que apenas fue posible ver mis dedos.

—Si Ana te pregunta, Mady, le dirás…

¿Qué era lo que tendría que haberle dicho a la secretaria? Supongo que me hubiera enterado de no haber presionado el botón de *play* del *walkman*…

<h1 style="text-align:center">23</h1>

Para mi alegría, el tiempo se detuvo al instante: Verónica se convirtió en una estatua, y también Eve y Stine, a quienes encontré saliendo de la dirección —probablemente, camino al aula—. Lo mismo ocurrió con todos los niños y profesores de la escuela. ¡El truco había funcionado!

Me alegré mucho porque, al entrar al aula por mi mochila —viajaría en el tiempo, pero no olvidaría mi bloc de notas—, tuve que esquivar a Berta que estaba parada frente a Billy: el zapato acharolado de ella se había congelado a menos de un centímetro de los testículos del matón.

—Bueno, Mady; ¡es hora de arreglar este lío!

Presioné *rewind* unos segundos y dejé atrás *Jump*, de Van Halen. Pero también dejé atrás esa mañana, porque se puso de noche. Detuve el *walkman* y chequeé la hora en el reloj de Minnie: eran las 3 de la madrugada.

—Demonios, este aparato es muy sensible…

Apreté el botón de *forward* y, otra vez, me pasé de la hora requerida: en un santiamén, se habían hecho las dos de la tarde del jueves.

—¡Maldición!

Creo que estuve no menos de diez minutos yendo y viniendo en el tiempo hasta que aterricé en el tercer recreo del martes, justo antes de que Billy me arrojara el kétchup en la cabeza. Confieso que, por un momento, había comenzado a entrar en pánico…

—¿Dónde estabas, Mady? —preguntó Berta cuando me senté con ella en la mesa del comedor—. Estabas con nosotras y, un segundo después, ¡desaparecías!

Levanté una ceja. ¿Cómo era eso de que había desaparecido?

—No entiendo…

—Sí, ¡claro! —dijo Eve, que engullía unos chocolates—. Salíamos del aula y, cuando Berta y yo nos dimos vuelta para ver por qué no contestabas, ¡no estabas más allí!

—Bueno… —Sonreí avergonzada—. Me habían dado muchas ganas de ir al baño —dije.

Berta se encogió de hombros.

—Sí. Supongo que está bien… —Abrió el envoltorio de su alfajor y, sin previo aviso, aguzó la vista y observó mi cabellera—. ¿Qué tienes pegado en la cabeza, Mady? —preguntó—. ¿Te has ensuciado?

Eve, que estaba a mi lado, estiró el cuello para analizarme. No conforme con ello, me olisqueó.

—Parece… —Incrédula, soltó una risita nerviosa—. ¿Es kétchup?

—¿Kétchup? —repitió Berta—: ¿Por qué tienes kétchup en el cabello, Madelaine?

—Em…

Detuve el tiempo y me toqué la cabeza. Sí, ¡exacto! ¿Por qué demonios seguía manchada con kétchup? ¿Acaso retroceder el tiempo no volvía atrás aquellos cambios que no habían sucedido? Tenía sentido, ¿no? ¿O, en realidad, lo que conseguía era crear una segunda línea temporal donde había una segunda Mady que…?

—¡Momento, que soy lenta!

Me froté la barbilla y obligué a mi cerebro a ir más despacio. ¿La Mady del presente, o sea yo, se superponía a la del pasado? ¿La borraba? ¿La enviaba a otro lugar? ¿Cómo? ¿Por qué…? ¿O debería haber habido dos? Y si era así, ¿dónde estaba la otra?

—¡Malditas paradojas temporales!

Me dije que no sacaría nada en limpio de esas disquisiciones; era mejor actuar. Por eso, fui con Billy —que estaba a pocos pasos de distancia— y cambié su vaso de kétchup por otro. Sin embargo, era obvio que advertiría la treta. ¿Y entonces qué medidas tomaría? Pues, buscaría más sobres de aderezo en la cafetería y, lo que había planeado para el tercer recreo, lo haría en el cuarto. O al día siguiente…

—No, esto no servirá…

Devolví el vaso de la broma a Billy y regresé a mi lugar en la mesa; se me había ocurrido otra solución. Presioné *stop* en el *walkman* y esperé. Veríamos si daba resultado…

—¿Y por qué estás así de achicharrada? —dijo Eve cuando tragó los chocolates—. ¿Te quedaste dormida bajo el sol?

En vez de distraerme con las mangas de mi camiseta, como había hecho la primera vez, me concentré y dije mi parlamento:

—Mi piel es muy sensible. Ya saben que un poco de sol me

deja…

—¡IGUAL AL KÉTCHUP! —gritó Billy.

Ah, si ese idiota de verdad pensaba que se saldría con la suya… No, ¡nada de eso, señor abusivo!

Simulé que me volteaba y le di un codazo en… Bueno, se lo di donde tanto había querido golpearlo Berta. Según mis cálculos, eso lo obligaría a dejar caer el vaso al suelo. Lo que no tuve en cuenta fue que, quizás, en vez de soltarlo lo arrojaría hacia delante. Y adelante estaba…

—¡ARGH!

Sí, estaba Berta, quien recibió todo el kétchup en su cabello, cara, camiseta y…

—Oh, ¡Dios santo! —exclamó Eve.

—No puede ser cierto… —me lamenté—. ¿Justo a Berta tenías que arrojarle el kétchup, Billy? ¡¿Eres idiota o qué?!

Si conocía a mi amiga —y la conocía muy bien—, ese intento fallido por reparar mi línea temporal acababa de arruinar por completo la de ella. O le costaría no menos de cuatro o cinco años de terapia…

—¡MAMÁÁÁÁÁÁÁ! —gritó Berta.

—Descuida, amiga; yo lo arreglo.

Me puse de pie, rodeé a Billy y le di *play* al *walkman*.

24

Reparar la línea temporal me costó muchísimo. Fue una tarea tan pero tan ardua que incluso superó la vez en que tuve que pegar las piezas de la taza de colección de mamá sin que se diera cuenta. Y no lo digo porque fuera complicado detener el tiempo en el momento justo, sino porque, además, cada intento fallido traía aparejado un sinfín de alteraciones que no siempre eran… simpáticas.

Por ejemplo, la segunda vez que intenté detener la broma, nadie salió manchado con kétchup, pero, por algún motivo, desencadenó una invasión de reptilianos. ¿Se lo imaginan? Reptiles disfrazados de humanos con un único objetivo: conquistar el mundo. El tercer intento fue peor: no hubo invasión extraterrestre, pero ¡porque nos dominaron los delfines! ¿Y qué decir de los demás intentos? Betty y Marta reinas del universo; yo en una aventura medieval para salvar el mundo; un monstruo sembrando el caos en el pelotero del parque de diversiones, y… Bueno, creo que no quieren saber el resto.

Era extraño: sin siquiera haber cambiado el pasado, los eventos futuros se veían enormemente alterados. ¿Por qué evitar una broma modificaba tanto las cosas? No lo comprendía; se ve que el *walkman* ocultaba muchos misterios…

Por eso, hasta entender la lógica de los viajes y poder manipular a gusto y placer los acontecimientos, me limité a dejar el evento tal y como había ocurrido: esa fue la única manera de que las líneas temporales no volaran por los aires. Eso, y que temía quedarme sin baterías en pleno viaje… ¡Qué miedo!

Sin embargo, debería ocuparme de resolverlo en lo inmediato, porque Berta pateó unos testículos; Verónica y Stine le dieron un sermón a Billy, y yo, por consiguiente, estaría muerta para el final de la semana, porque Billy, cuando nadie nos vio, cruzó un índice sobre su cuello y…

—¡Te has metido en este problema tú solita, Mady! —me dije al salir de la escuela.

Lo positivo es que puse manos a la obra esa misma mañana, pues, cuando pedaleaba de vuelta a casa, más o menos en la esquina de la manzana, divisé a mamá parada en el porche; me esperaba con los brazos en jarra y con cara de necesitar muchas explicaciones. Era obvio que la había llamado el director Stine para contarle todo; seguramente, hasta tendría que asistir a una reunión con él más tarde. Pero, de momento, sería yo quien tendría que aclarar el incidente, y la verdad es que no estaba de ánimos. Por eso, con la poca batería que creía que quedaba en el *walkman*, presioné *play* y me puse en acción.

La primera medida que tomé fue conseguir una tonelada de baterías. Si quería ir y venir en el tiempo, y arreglar el incidente kétchup, las necesitaría, ¡obvio! Pero, para eso, también necesitaría dinero que no tenía… ¡Maldita encrucijada!

Luego de pensarlo por un rato —ya habían pasado dos canciones y el *walkman* daba muestras de detenerse en cualquier momento—, tomé una determinación que no me puso contenta, pero que resolvería momentáneamente el embrollo.

—¡Espero que mamá y papá no se enojen!

No me quedó otra opción más que quitarles las baterías a todos los mandos a distancia de la casa —luego las repondría, lo juro—. Televisión, videocasetera, sistema de auto, relojes despertadores, linternas… ¡Nada se salvó de mi gula energética! Y fue así como mi bolsillo quedó hinchado con cuatro pares de baterías doble A.

—Ahora, Mady, ¡a impedir el vaso de kétchup de Billy!

25

Sería tedioso describir lo que me costó recomponer aquella mañana en la escuela. Si antes había causado la invasión de los reptilianos y la conquista del planeta a manos de los delfines, en aquel momento liberé críptidos, convertí el sol en una estrella azul, permití que las computadoras esclavizaran a la humanidad, que las plantas hablaran y, como fresa del postre, ¡que aparecieran hermanitos gemelos en casa!

Era de no creer: cada vez que tocaba una cuchara, que mataba la más pequeña mosca o que estornudaba, ¡generaba una reacción en cadena que cambiaba todo! Era primordial actuar con precisión y cautela, pero ¡qué difícil! Recuerdo que hubo una ocasión, ya harta de tantas pruebas, en la que simplemente hice lo que se me ocurrió: lancé el kétchup a la cara de Billy y le di una patada ahí; luego fui al centro comercial a comer una tonelada de chocolates; a continuación, visité la juguetería para divertirme con cientos de Barbies nuevas y, finalmente, me acosté a dormir una siesta en la tienda de colchones. ¿Qué ocasionó todo eso? Irónicamente, casi nada;

apenas una lluvia de donas…

No obstante, cuando me quedaba un solo par de baterías —las que llevaba puestas el *walkman*—, logré evitar la broma de Billy casi sin ningún tipo de daños colaterales —supuse que pájaros fluorescentes no le harían daño a nadie—. ¡Qué feliz me sentí entonces! Y qué cansada, porque había estado despierta muchísimas horas…

¿O fueron días? O sea, había viajado al pasado, pero también al futuro: cuando ponía orden al incidente, a veces me adelantaba unas horas o días para cerciorarme de que el planeta no iba a explotar. Y medir el tiempo se transformaba en una tarea casi imposible. Obviamente, tomé nota de algunos de los sucesos más importantes —con hora y fecha—; pero desistí al décimo viaje.

—Supongo que necesito un descanso; algo más contundente que una siesta —me dije al llegar a casa luego de la escuela. Y, como nadie había llamado a mamá —por una broma que nunca había ocurrido—, ella no me esperaba para que le diera explicaciones, sino que preparaba la cortadora de césped para ocuparse del jardín más tarde.

—Hola, hija —me saludó—. ¿Qué tal la escuela?

Subí la bicicleta al porche y resoplé, secándome la transpiración de la frente. ¡Una frente impoluta! Porque esta vez no había olvidado el protector solar ni la gorra. ¡No me había quemado! Además, no hacía tanto calor como los días anteriores.

—¡Agotadora! —dije—. ¡Muy agotadora!

—Sí, te noto cansada… —comentó—. ¿Mucha tarea?

—Bastante —mentí—. ¡Como para una tarde entera! —Al instante, mamá puso esa cara de: «Entonces, querida, no verás la luz hasta que la termines»; pero me le adelanté—: Por eso, nos juntaremos Berta, Eve y yo a estudiar.

—¿De verdad?

—¡De verdad! —confirmé. Y como sabía que no sonaba para nada creíble, agregué—: ¿Quieres llamar a una de ellas?

Mamá negó con la cabeza y fue por la extensión de la cortadora.

—No, no; está bien —dijo—. Ve tranquila.

—¡Gracias, mamá! —Y entré a casa a almorzar.

26

Mientras comía, se me ocurrieron un montón de cosas que podría hacer para divertirme con el *walkman*. Y muchas de ellas incluían a mis amigas. No directamente, por supuesto; sino de forma tangencial: o sea, ellas jamás se enterarían de lo que haría. Por ejemplo, como sería la primera en la fila de la boletería, conseguiría entradas para algún evento y veríamos de cerca a nuestro cantante favorito; sacaríamos el primer premio en la feria de las afueras de la ciudad, porque intentaría el lanzamiento de aros una y otra vez hasta acertar, ¡y nos enteraríamos de los chismes de la escuela porque yo estaría allí para oírlos!

Es así que, luego de lavar los platos y tomarme un descanso lejos del *walkman* —una siesta de dos horas y media—, llamé a Berta y a Eve para ver por dónde andaban. ¡Estaba tan entusiasmada! Sin embargo, no las encontré en sus casas: nadie contestó en lo de Berta, y Eve dijo que permanecería estudiando. Entonces, se me ocurrió llamar a Elena, otra de mis amigas. Me contestó su papá, Roger.

—Si no me equivoco, Mady, creo que se fue a encontrar con Berta —dijo—. ¿No te avisaron?

Fruncí el entrecejo: no, no lo habían hecho. ¡Si había estado en casa todo el tiempo! Bueno, había estado durmiendo, pero ¡mamá me hubiese notificado!

—Qué raro… —murmuré—. ¿Y a usted no le dijeron a dónde iban?

—Creo que no…

—¿Nada de nada? —insistí.

—Em… Me parece que Elena mencionó algo del centro; pero no sé más —aseguró—. Ya la conoces: ¡corriendo para todos lados!

—Sí, esta Elena… —Me encogí de hombros—. Bueno, ¡gracias!

—¡No hay por qué, Mady! —Y cortó.

Minnie marcaba las cuatro y cinco. Eché un vistazo a través de la ventana: la tarde estaba soleada y me dije que si mis amigas habían salido a algún lugar, ¡ese sería la heladería! Por lo tanto, fui al porche de casa y monté mi bicicleta.

—¿A dónde vas, Mady? —me detuvo mamá. Enchufaba el prolongador de la cortadora de césped a un toma del garaje. Como no hacía tanto calor, aprovecharía ese momento para ocuparse del jardín. Ella es más prudente que yo: no anda al rayo del sol al mediodía.

—Iré a estudiar con mis amigas —dije—. ¿O no te lo mencioné? —La pregunta fue sincera: había hecho tantos viajes en el tiempo que ya no recordaba qué había ocurrido y qué no.

—Oh, sí, sí. ¡Que te diviertas! —Y, cuando planeaba esfumarme, dijo—: ¿Y la mochila? ¿No la llevas?

Me palmeé la frente.

—¿Dónde está mi cabeza? —Solté una risita nerviosa—. ¡Voy por ella!

Un segundo después, ya con la mochila y el aval de mamá, pedaleé hasta el centro.

27

Cuando llegué a la plaza principal, observé las tiendas que había en las calles que la rodeaban; esperaba encontrar a alguna de mis amigas por ahí. ¡Y qué alegría me dio verlas donde había supuesto, comiendo un helado! No obstante, como no me habían invitado a su reunión, decidí regalarles un buen susto. Nada del otro mundo: las sorprendería por la espalda con un gritito. ¡Ya verían esas dos!

No perdí tiempo: me coloqué los auriculares, presioné *play* y comenzó a sonar *Everybody Wants to Rule the World*. Aunque… la canción iba por la mitad y hubiera deseado escucharla desde el principio; era una de mis favoritas. Pero rebobinar hubiese significado retroceder el tiempo, ¡y lo que yo necesitaba era detenerlo! Así que, muy a mi pesar, dejé la canción donde estaba.

Sin embargo, antes de hacer nada, chequeé que, en efecto, el tiempo se hubiera detenido. ¿Y si las baterías se gastaban, cruzaba la calle y un auto me atropellaba por despistada? No quería eso…

Miré hacia arriba y divisé una bandada de pájaros flotando en el firmamento; a la derecha, sobre el tronco de un árbol, una ardilla parecía desafiar la gravedad, y, adelante, mis amigas se habían congelado en un paso infinito.

—Bien, Mady; ¡manos a la obra!

Caminé hasta el bordillo de la plaza, bajé al asfalto y, dando saltos de bailarina, acorté la distancia que tenía con esas dos. Cuando me paré detrás de ellas, presioné *stop* y…

—¡Qué suerte que Mady no vino! —dijo Berta.

—Ni que lo digas… —acotó Elena—. ¡Necesitábamos este tiempo a solas!

—Pero ¿y si se aparece?

—Le diremos que la llamamos y que no nos contestó.

—¿Y si llama ella? —indagó Berta—. En casa no hay nadie; pero ¿en la tuya?

—Le ordené a mamá que no dijera nada —explicó Elena—. Descuida, ¡Mady nunca se enterará!

Pero ¡Mady sí se había enterado, malditas conspiradoras!

Invadida por una furia asesina, activé los poderes de mi *walkman* y traté de sosegarme. ¡No lo podía creer! Me había tomado casi medio día de viajes temporales evitar que la víbora traidora de Berta no le diera una patada a Billy, ¡y así me lo pagaba! Sí, sí; ella no sabía nada sobre el *walkman*, pero ¡igual!

—Conque esas tenemos…

Observé de cerca a las dos: Berta sostenía un cucurucho envuelto en un millón de servilletas de papel y comía una bocha de limón con una cucharita de plástico. ¡Todo muy prolijo! Elena, en cambio, lamía una paleta de vainilla bañada en chocolate…

—Piensa, Mady; piensa… —me dije, y, al instante, se me

encendió la bombilla—. Ya les enseñaré a no invitarme a sus salidas...

Le quité el cucurucho a Berta y se lo puse de sombrero. ¡PLAF! Luego me tomé la molestia de presionarlo para que todo el limón se mezclara con su cabello. ¡Qué satisfacción! A Elena le coloqué la paleta dentro de los *shorts* y le di una patadita para que se le aplastara.

—¡Ahí tienen!

Antes de irme, me pregunté si no sería oportuno atarles los cordones o bajarles los pantalones. Pero me dije que eso sería demasiado.

Crucé la calle, me escondí detrás de un árbol y puse *stop* a mi *walkman*.

—Pero... ¡qué demonios! —chilló Berta.

Elena, al ver a su amiga con el cucurucho en la cabeza, comenzó a reír. Claro, hasta que advirtió que su paleta se había teletransportado de su mano a sus *shorts*, y que ahora le ensuciaba los calzones.

—¿Cómo llegó esto aquí? —gritó, dando saltos e intentando dar con el palito de su helado. Tenía la mano metida en los *shorts* hasta el codo—. Berta, ¿qué hiciste?

—¿Yo? —No sabía cómo quitarse el helado sin desparramárselo por toda la cabeza—. ¡Si fuiste tú!

La risa se me hizo incontenible y, antes de que me delatara, detuve el tiempo presionando nuevamente el botón de *play*. Acto seguido, regresé a casa escuchando *Take on me*.

28

Dejé la bicicleta al resguardo del porche de casa y apagué el *walkman*; no quería gastar las baterías. Mamá, que ya estaba cortando el césped, detuvo la máquina y me preguntó:

—¿Mady? —Me observó con atención—. ¿Ya estás de vuelta?

—¿Cómo dices, mamá?

—¿No mencionaste que irías a estudiar con tus amigas? —preguntó.

—Sí…

—¿Y no estaban? —consultó con una ceja en alto. Miraba de un lado a otro, aturdida. Era como si algo se le hubiera pasado por alto…

Miré la hora en mi reloj: eran las cuatro y diez. Maldición, ¡me había olvidado de que estaba jugando con el tiempo y eso alteraba la percepción que las personas y yo teníamos de él! Lo que a mí me parecía una tarde entera para otros eran apenas cinco minutos. Y lo más conflictivo del asunto: si apagaba mi *walkman* y había personas a mi alrededor —como esa tarde con mamá—, estas me veían aparecer como por generación espontánea… Con Berta y Elena lo había evitado porque había aparecido por atrás; pero con mamá…

—No, no estaban —mentí—. Una pena…

Mamá me observó algo confundida, y yo, que prefería esquivar preguntas incómodas, entré a casa sin mirar atrás. Ah, pero ¡estaba subestimando a mamá! Porque, mientras sacaba una botella de agua fría de la nevera y bebía un poco, escuché a mis espaldas:

—¿Te pondrás a terminar la tarea ahora? —consultó mamá.

—Son apenas las cuatro; hay tiempo de sobra.

—Entonces, ¿me ayudarías con el césped?

—Em… —Fruncí la cara—. ¿No?

—¿Y tampoco estudiarás?

Para ser sincera, ninguna de las ideas me resultaba atractiva: estudiar era aburridísimo; me daba sueño, hambre, sed, ansiedad… Y ayudar a mamá… Además de aburrido era agotador, ¡siempre se abusaba de mi buena voluntad! «Mady, mueve el cable», «Mady, rastrilla ese sector», «Mady, ¿me traes un poco de agua?». Al final, trabajaba más yo que ella. No, de ninguna manera la ayudaría.

—Supongo que iré a estudiar —bufé—. Estaré en mi cuarto.

—¿De verdad irás a estudiar? —consultó mamá con el entrecejo fruncido.

—Lo intentaré, ¿sí?

Mamá puso los brazos en jarra.

—¿Y si haces algo más que intentarlo? Vamos, Mady; ve y termina la tarea. ¿Harías ese favor por mí?

—Sí, ¿por qué no?

Se me ocurrió que quizás podría aprovechar los poderes del *walkman* para avanzar cuatro o cinco clases. Sí, escucharía algún *cassette* mientras terminaba los ejercicios de Matemáticas, y los de Ciencias, Literatura y tal vez Inglés. ¡Y luego tendría todo el día para mí! ¿Qué digo «el día»? ¡La semana! Y con suficientes baterías, ¡un siglo entero también!

—¿Quieres que te lleve un refresco?

Levanté la botella de agua.

—No es necesario, ¡tengo esto! —Y corrí a mi cuarto.

La verdad, no quería terminar la tarea. Sin embargo, una semana libre me sonaba muy tentadora… Así que extraje los libros de mi mochila, los abrí sobre el escritorio y, con un *cassette* de Queen en el *walkman*, me puse a trabajar.

29

El problema fue que me quedé dormida. ¡Profunda, completa y totalmente dormida! Como si mi cerebro se hubiera apagado de un momento a otro.

—Demonios… —susurré, despegando la cara del libro. Un poco de baba corría por la comisura de mis labios; la sequé con el dorso de la mano—. ¿En qué siglo estoy?

De verdad me sentía como si hubiera dormido una eternidad y no supiera dónde estaba. Quizás tenía que ver con la forma indiscriminada en que abusaba de los saltos temporales; con toda seguridad, estaban afectando mi descanso. Aunque… ¿y si lo hacían con algo más?

El ruido de la cortadora llegó a mis oídos y, al palparme las orejas, advertí que no llevaba puestos los auriculares.

—¿Dónde demonios está mi *walkman*? —pregunté.

Busqué arriba del escritorio, debajo de los libros y también sobre mi regazo. Como no había rastros de él, una angustia sin precedentes embargó mi pecho.

—Tranquila, Mady; tranquila…

Cerré los ojos, respiré con profundidad y busqué de nuevo. ¡Qué alegría sentí cuando encontré el aparato en el suelo! Alegría y también un poco de enojo: no podía ser así de descuidada. ¿Y si lo perdía o lo rompía?

—Tonta Mady —gruñí—. ¡Tonta tontísima!

Recogí el *walkman*, les quité la mugre a las almohadillas de los auriculares, y me los coloqué. Acto seguido, giré el *cassette* y le di *play* al botón. ¡Todavía quedaba tarea por hacer y no planeaba gastar mis valiosos minutos en ella!

Comenzó a sonar *Staying Power* y, como me parecía un tema horrible, le di al botón de *forward*. Cuando recordé que de ese modo viajaba al futuro —despertarme de improviso me había dejado medio tonta—, presioné *stop*.

El problema fue que… ¡el botón estaba averiado!

CLAC, CLAC, CLAC.

No, no funcionaba. Con toda seguridad, se había roto con la caída. Y, en consecuencia, el tiempo no dejaba de avanzar: en un santiamén, era de noche, y en otro, ¡de día! Entré en pánico y me quité los auriculares; pensé que los efectos del aparato se detendrían al no escuchar la música. Pero ¡no!

—¡Si ya sabes eso, Mady! —dije, dándole un puñetazo al escritorio.

El tiempo avanzó y avanzó y avanzó frente a mis ojos: primero, los muebles cambiaron de lugar y yo caí de trasero; luego, desaparecieron para dejar una habitación vacía, y, al final, llegaron unos nuevos que, por lo modernos que se veían, tenían que pertenecer, como mínimo, a una época quizás unos veinte o treinta años en el futuro.

Me puse de pie y presioné *stop*.

CLAC, CLAC, CLAC, ¡el botón se negaba a funcionar!

—¿Qué hago, qué hago?

Como medida desesperada, le quité las baterías al *walkman*. Irónicamente, eso no detuvo el tiempo enseguida: ¡la inercia de un salto tan largo sumó una década extra a la pesadilla!

—Estoy liquidada…

30

—Estoy en aprietos… —dije cuando el tiempo al fin se detuvo—. ¡En serios aprietos!

Nunca había planeado viajar tanto al futuro, ni tampoco creí que se pudiera… Demonios, ¿cómo era eso posible? Cuando presionaba *forward,* cada segundo de cinta significaba nada más que unas tres o cuatro horas hacia adelante. Y ese salto… Todavía hoy no sé cuánta cinta corrió hasta que me avispé y la detuve. ¡Si no había tanta en el *cassette*! O… Maldición, ¡tendría que haberlo sospechado! Las funciones de *rewind* y *forward* trabajaba de forma exponencial: mientras más tiempo estuvieran activadas, ¡cada centímetro de cinta avanzaría mayor cantidad de años! Por eso me había sido casi imposible arreglar el evento del kétchup.

—¿Cuántos años, Mady? ¿Cuántos años pasaron?

¿Quince? ¿Veinte? ¿Cincuenta? Era difícil de precisar. Suponía que unos treinta y algo. ¡Y treinta y algo son muchísimos años! Además, todo se veía tan moderno y diferente… Rayos, ¡ni siquiera estaba segura de que la casa donde me hallaba fuera la mía!

Al menos era de día. Y hacía calor, ¡punto para Mady! No me hubiera gustado aterrizar en invierno sin abrigo. No obstante, las buenas noticias acababan allí, porque el cuarto estaba pintado de celeste, lo que sugería un nuevo dueño y quizás una nueva familia… ¿Y si me topaba con esos desconocidos y llamaban a la policía y me quitaban el *walkman*?

—No, no, no… —Busqué las baterías que había dejado caer segundos atrás—. ¡Debo regresar ahora mismo!

Sin embargo, no las encontré. ¡No estaban por ningún lado! Revisé debajo del escritorio, de la cama y del guardarropa…

—¿Dónde están? ¡¿Dónde están?!

Posiblemente, habían caído lejos de los efectos del *walkman* y habían desaparecido junto con mis viejos muebles muchísimos años atrás.

Daba igual, conseguiría otras. Tenía que haber controles remotos en el futuro, ¿cierto? El asunto es que —como descubrí en breve— todo se maneja con la voz, ¡así que no los había!

Y, por ende, ¡tampoco baterías doble AA!

31

El pánico, la desesperación y la angustia fueron inmediatos. Me encontraba atrapada en el futuro y, de momento, ¡no se me ocurría nada para revertirlo! Tenía claro que necesitaba las baterías o podía hacerme la idea de que sucederían cosas muy feas. Pero ¿de dónde las sacaría?

—Usa la cabeza, Mady —me dije—. ¡Usa la cabeza y apresúrate!

El caso es que mi cerebro estaba tan muerto como el botón de *stop* del *walkman*. ¡No quería funcionar! Por más que hiciera fuerzas, se negaba a ayudarme. Y sin él, ¿cómo saldría de ese aprieto? ¿Con fe y esperanza?

Me asomé a la ventana y eché un vistazo afuera… Oh, Dios santo, ¿por qué lo habré hecho? Mi voluntad quedó hecha trizas en un santiamén. Es que… vi muchas cosas, pero solo mencionaré una —que será suficiente para dar una idea cabal del embrollo en que estaba metida—, ¡y es un coche volador!

—¿En qué año estoy?

Revisé el cuarto de cabo a rabo —las paredes estaban

pintadas de celeste; y los muebles, entre los que había una cama, un guardarropa y un escritorio con su silla, tenían aspecto de madera pero, al tacto, se sentían de metal—, y no encontré nada ni remotamente parecido a una batería. Todo funcionaba con… ¡No sé con qué! Si los electrodomésticos no estaban conectados a la red eléctrica; era como si recibieran la energía a través de ondas de radio. ¡O de magia!

Fui hasta la puerta y apoyé mi mano en el picaporte. ¿Debía salir? ¿Tenía el valor para hacerlo?

—Estoy acabada… —susurré, y una lágrima rodó por mi mejilla.

Sí, podía olvidarme de mi vida tal y como la conocía: el dueño del cuarto me descubriría; se asustaría al ver a una chica vestida con ropa de museo; quizás me daría un golpe para noquearme; luego despertaría en una celda fría y sucia —o climatizada y moderna, con barrotes de rayos láseres—, y un robot me interrogaría. Obviamente, mi *walkman* ya no sería mío, y jamás regresaría a mi tiempo.

Me dejé caer al suelo, abracé mis rodillas y comencé a llorar. ¡Adiós, mamá! ¡Adiós, papá! ¡Adiós, tontas Berta, Eve y Elena!

¡Y adiós, mundo cruel!

32

Supongo que podría haber huido; pero ¿hasta dónde hubiese llegado a pie? No pasaría desapercibida en un mundo donde todo era tecnología y robots. No. El final era inminente; apenas quedaban instantes para que el niño entrara a su cuarto y…

La puerta se abrió y contuve la respiración.

—Madelaine… —dijo una voz femenina—. Deja de llorar y levántate, por favor.

Abrí los ojos como platos. ¿Las personas de esa casa me conocían? ¿Cómo era posible? ¿O acaso se trataba de un robot ama de llaves que tenía en su memoria la historia de las personas que habían vivido en la casa? Si era así, ¡súper! Me convertiría en una pieza histórica de museo.

—¿Qué…? —Me enderecé y miré en dirección a la puerta. Me quedé pasmada—. ¡Qué carajos! —chillé.

Si el viaje en el tiempo me había trastornado, ¡lo que estaban viendo mis ojos acababa de regalarme una temporada en el loquero!

Me puse de pie y corrí hasta la ventana. Quise abrirla, pero mis dedos se enredaron y no di con el pestillo —¿había uno?— . Luego quise romper el vidrio con la mesita de noche; sin embargo, no solo no pude levantarla, sino que, al cambiar de estrategia y golpear el vidrio con una lámpara, descubrí que era blindado.

Por un fugaz instante, pensé que la puerta sería una buena opción. Claro, ¡hasta que recordé el extraterrestre parado en el umbral y la desestimé!

—Madelaine, ¿puedes tranquilizarte? —dijo la extraterrestre, y se cruzó de brazos—. Te pones en ridículo. —Se acercó unos pasos a mí en tono amistoso.

—¡Atrás! —grité, blandiendo la lámpara abollada—. ¡Atrás o te romperé la cabezota!

Porque la extraterrestre tenía una muy grande; casi el doble que la mía. No así su cuerpo, pequeñito y delgado. Era curioso: se veía como esos marcianos de las películas, grises, sin nariz ni orejas, y con un traje de espándex —azul y violeta, en este caso—; solo que sus enormes ojos no eran negros, sino rosas.

—Serás un colador antes de que me toques un pelo —aseguró, posando una de sus manos en la pistola de rayos láseres que tenía colgada de su cinturón blanco.

—Em… —No me pareció oportuno el comentario, pero no pude evitarlo—. Creo que no tienes pelos…

La extraterrestre se frotó la calva.

—Bueno… Si te la pasaras en una nave que emite tanta radiación como soles hay en el universo, no serías muy diferente a mí —explicó—. No tengo la culpa de ser lampiña como una piedra.

La verdad, no supe qué responder. ¿Qué demonios era esa

cosa que tenía frente a mí? ¿Un extraterrestre? O sea, se parecía a uno, pero ¿y si se trataba de un humano híper evolucionado? Bien podía estar en el 2023 como en el 3150.

—Me lleva el diablo… —murmuré.

—Tampoco insultes —pidió la extraterrestre—. No es propio de una niña.

—¡¿Y tú qué sabes?! —la increpé.

—¿Qué sé? —Se rascó la cabezota—. Pues… ¡Que has estado jugando con el tiempo con total impunidad! Y vengo a poner orden a todos los líos que has generado.

Oh, comenzaba a entender todo…

—Y… —Tragué saliva—. ¿Vienes a matarme o algo?

La extraterrestre soltó una risotada. Sus dientes eran colmillos, así que, lejos de compartir su alegría, sentí un escalofrío.

—No, Madelaine; nada de eso. —Ejecutó una graciosa reverencia y luego extendió su mano para que yo se la estrechara—. LI%&(·@#, guardiana del tiempo, a tus servicios.

33

Solo por cortesía, le devolví el saludo. ¿Y si la enojaba y me disparaba? La pistola lucía muy peligrosa; mejor no tentar al destino…

—¿Cómo dijiste que te llamabas? —pregunté.

—LI%&(·@# —repitió la extraterrestre. Me sentí un poco incómoda: no soltaba mi mano. ¡Y qué fría que estaba! Además de que era rugosa como una lija. ¿Era una extraterrestre o un reptil?

—¿Perdón?

—Es muy fácil: LI%&(·@#.

Fácil para ella, porque a mí me parecía un trabalenguas impronunciable. De hecho, dudaba de que pudiera articular algunos de esos sonidos.

—Disculpa, pero…

—También me dicen «Lisa» —aclaró, como si leyera mis pensamientos o todos los seres del universo le preguntaran lo mismo—. Puedes llamarme así, si lo prefieres.

—Bueno. Encantada de conocerte, Lisa —dije—. Yo soy…

—Madelaine, ya lo sé —me interrumpió—. ¡La destructora de líneas temporales!

Fruncí el entrecejo; qué feo se oía eso. ¡Ni que fuera una villana del espacio! Porque no lo era, ¿verdad?

—«Destructora de líneas temporales»? —repetí con un hilo de voz—. ¿Qué significa eso?

—Es una forma elegante de decir que por poco y no destruyes el universo…

—¡Jamás haría eso!

—¡Y tampoco lo harás! —prometió Lisa, tajante—. Sin embargo, no faltaba mucho para que lo consiguieras… No nos convertimos en babosas del espacio de pura casualidad.

—Bueno, de todas formas… —Me sequé las lágrimas y levanté el *walkman* defectuoso—. Está roto y me quedé sin baterías, ¡soy tan inofensiva como un gatito!

—Oh, ¡qué suerte! —festejó la extraterrestre, distendiéndose un poco—. Ya no causarás más problemas en el continuo espacio-tiempo. Pensé que de verdad tendría que matarte…

Solté un gritito.

—¡Dijiste que no lo harías!

La extraterrestre contuvo una risita. ¿Qué le pasaba a esa tonta? ¿Se alegraba de mi desgracia? ¿Sentía placer por mi infortunio?

—En realidad, era una broma; debiste ver tu cara. —Y continuó riendo—. ¡Ji, ji, ji!

—¡A mí no me hizo ninguna gracia! —chillé.

—Bueno, bueno; perdón… —dijo—. En fin, ¡qué suerte que el artefacto se rompió!

—Tampoco es que haya generado tantos conflictos… —

me excusé—. Pude revertir todo: a mis gemelos, a los reptilianos, el fin de la humanidad… ¡El pasado y el presente quedaron en una pieza!

—Excepto la broma del kétchup. ¡La borraste de tu vida! Y mejor ni mencionemos la broma a tus amigas. ¿Sabías por qué no te llamaron?

—¿Por qué? —desafié.

—Porque planeaban comprar tu regalo de cumpleaños. Es la semana que viene, ¿verdad?

—Oh… —Guardé silencio. ¡Qué tonta había sido!

—Espero que estés contenta.

—Ahora que me lo dices, no… No debería haberles hecho esa broma.

—No deberías haber hecho nada —corrigió Lisa—. Has modificado el futuro.

—Solo el mío —aclaré.

—Sí. Suponte que solo el tuyo… ¿Eso te parece moralmente correcto? —fustigó la extraterrestre.

—Em… —Me rasqué la cabeza—. ¿Sí?

—¿Es una afirmación o una pregunta?

—¿Una afirmación?

Lisa negó con la cabeza.

—Te lo explicaré de esta forma: si todos pudieran hacer lo mismo que tú, Mady… Puedo llamarte «Mady», ¿cierto?

—Dime como quieras.

—Bien, Mady. Si todos pudieran hacerlo, ¿piensas que el mundo sería el mismo?

—Probablemente, no… —respondí—. Creo que habría muchos millonarios.

—¡Exacto! —aplaudió Lisa—. La gente modificaría su

pasado o su presente para sacar el mejor provecho de su futuro. Es decir, arreglarían equivocaciones del pasado, o pausarían cada instante y comprobarían que las decisiones que han de tomar sean las más provechosas.

—¿Y eso que tiene de malo? —cuestioné.

—Creo que es obvio…

—No para mí.

—Te lo vuelvo a preguntar: ¿te parece correcto que todos fueran millonarios?

Me encogí de hombros.

—Supongo… Habría muchas personas felices.

—¿De verdad?

—¿Por qué no?

Lisa resopló.

—Bueno, me harté. Lo entiendas o no, el caso es que ya no podrás hacerlo nunca más. —Extendió su mano con la palma hacia arriba—. Entrégame la máquina del tiempo, por favor.

—¿El *walkman*?

—Exacto. El *walkman*.

Dudé en hacerlo. Sin el *walkman*, ¿cómo regresaría a mi época? Me quedaría atrapada por siempre en el futuro. Y no me hacía nada de gracia perder mi vida, mi familia y mis amigas… ¿O acaso la extraterrestre haría el favor de llevarme de vuelta?

—Gracias. —Y me lo arrebató de las manos—. ¡Fue un gusto! —Y apuntó al pasillo.

—¡Aguarda! —dije—. ¿A dónde vas?

—Ya cumplí mi misión aquí.

—¿De qué misión estás hablando? ¡No has hecho nada!

—Ah, ¿no? —La extraterrestre comenzó a desintegrarse y

la tomé por la mano. ¡Qué suerte que eso detuvo la teletransportación o lo que sea que planeaba hacer!

—¿A dónde demonios vas?

—Como te decía, Mady, ya cumplí mi objetivo.

—¿Y cuál sería? —la increpé—. ¿Quitarme el *walkman*?

—Exacto —afirmó con una sonrisa—: quitarte el artefacto del tiempo. Y destruirlo, pero ya está roto. —Frunció el entrecejo—. Lo está, ¿verdad? —Y le dio unos golpecitos.

—Sí, ¡lo está! Y si te preguntas por qué lloraba…

—No me lo pregunté.

—¡Era justamente porque los botones se averiaron y no podía regresar a mi tiempo! ¿Cómo se supone que lo haga? —cuestioné—. ¡Estoy estancada aquí!

—No es mi problema —se justificó Lisa—. Ya tengo el artefacto, ¡adiós! —Y pequeños destellos me advirtieron que la maldita quería esfumarse otra vez.

—Oh, no; nada de eso. —Salté a abrazarla—. ¡No te irás de aquí sin mí!

—Lo lamento, pero es el castigo por haber jugado con el tiempo. ¿Pensabas que podrías esquivar la mirada de los Jefes mientras te embarcabas en tus locas aventuras temporales? ¿Visitar a los dinosaurios y llevarte uno como mascota? ¿Conseguir que tu padre ganara la lotería? ¿Cambiar las notas de Matemáticas?

>>Permíteme recordarte, Mady, que tus travesuras tienen consecuencias más allá de la mera diversión. ¿Sabes lo que es el «efecto mariposa«? ¿No? ¡El aleteo de una mosca en la era de los mamuts podría llevar a que el futuro esté lleno de sandías voladoras y tótems cantarines!

>>¿Y la cuestión moral? ¿Nunca pensaste en eso? Dime:

¿es correcto cambiar la historia solo porque quieres tomar una taza de café con los egipcios? ¿Qué pasa si tu alteración del pasado resulta en que nunca se invente el chocolate? ¡Imagina un mundo sin chocolate!

Me froté la barbilla.

—Así que eso era el «efecto mariposa»… —susurré.

—¿Cómo dices?

—Esa perorata… —Ladeé la cabeza—. ¿La inventaste tú o te la dictó una computadora?

—¡¿Cómo te atreves a acusarme de algo así?!

—Y… Suena pomposo y falso.

—Bueno, sí, quizás me ayudé con algún sistema de inteligencia artificial… —Lisa se sonrojó—. Pero ¡todo lo demás es verdad!

Negué enfáticamente.

—Nunca visité a los dinosaurios, ni mi papá ganó la lotería… —evidencié—. Aunque sí cambié las notas de Matemáticas, ¿quién no haría eso?

—¿No tienes un tiranosaurio rex de mascota?

—No. De hecho, nunca fui tan atrás en el tiempo.

—¿De verdad?

—¡Lo juro!

Lisa tomó de su cinturón un dispositivo cuadrado que proyectó una ficha con datos al presionar un botón rojo lateral.

—¿Eres Madelaine Barton? —consultó.

—¡La misma!

—¿Y no viajaste al período cretácico terrestre?

—¡No sé ni cuándo fue eso! —aseguré—. Apenas retrocedí un par de días. Y, como me dio miedo, nunca fui antes que eso…

Lisa se rascó la sien, confundida.

—Entonces, tengo la ficha equivocada… ¿De quién será esta? —Se encogió de hombros y agregó—: Da igual, ¡nos vemos!

Detuve su salto por tercera vez.

—¡No me quedaré aquí! —grité—. Y si… y si… ¿y si aparece la familia dueña de esta casa? ¿Eso no rompería más líneas temporales? Y si produce tal desequilibrio que… ¡que terminas convertida en una planta!

—Técnicamente, Mady, ya soy una planta —aseveró Lisa—. Mi raza es… Digamos que es especial.

—Bueno, quise decir… —*¡Piensa, Mady, piensa!*—. ¿Y si te transformas en pescado? Uno frío, pegajoso y podrido…

Lisa se me quedó viendo.

—Oye, ¡tienes razón! Eso no estaría nada bueno… —Asintió varias veces—. Sí, debería hacer algo al respecto, ¿no lo crees?

—¿Que si no lo creo? —Levanté una ceja—. Con todo respeto, Lisa; para ser una guardiana del tiempo, eres bastante bruta, ¿lo sabías?

La extraterrestre esbozó una sonrisa tímida.

—Lo siento, ¡es mi primera misión!

34

—¿O sea que me tocó una novata para solucionar el caos temporal que causé? —increpé a Lisa—. Que no causé, obvio; solo era una queja… Por cierto, ¿hay libro de quejas en este sistema de viajes en el tiempo?

—Primero, no soy ninguna novata: he entrenado cinco años —se atajó Lisa—. Y segundo, ¡el caos ya está arreglado! Tengo tu dispositivo y no podrás viajar nunca más.

—Sí, eso lo entiendo. Pero… ¿y qué hay de dejarme varada en este año, que ni sé cuál es? —Miré a través de la ventana—. ¿Cómo se tomarían las personas de esta época que haya aparecido en mi casa después de tanto tiempo? ¿Y si me encierran en un laboratorio y me destripan para averiguar los misterios que escondo?

—Las investigaciones sobre la anatomía humana se agotaron hace un siglo. Dudo mucho de que aportes información nueva —aseguró Lisa—. Sin embargo, es una realidad que causarías ciertos desajustes temporales, que son, precisamente, los que me enviaron a prevenir… —Chasqueó con la lengua—. Maldición, ¡no quiero transformarme en un pescado!

—Por eso, mi querida guardiana del tiempo, ¡debes regresarme a mi época!

—Sí, creo que sí…

—No quieres que te despidan justo el primer día, ¿verdad?

—Por supuesto que no. ¡Me costó mucho conseguir este empleo!

—Entonces, ¡devuélveme a mi época! —exclamé—. Nadie te regañará. ¡Todos ganamos!

—¡Exacto! —dijo Lisa con una sonrisa.

—Pues… —Me quedé esperando un rato—. Vamos, ¡hazlo! ¡Antes de que llegue la familia que vive aquí! ¿Por qué te tardas?

—Sí, bueno… —Lisa frunció la cara—. Habrá que pensar en otra cosa porque eso que quieres no será posible…

—¿Y por qué no?

—¿Este dispositivo está roto? —preguntó, analizando el *walkman*.

—El botón de *stop* no sirve. Por lo tanto, puedo ir y venir en el tiempo, pero no detenerlo.

—Veo… —Lisa entrecerró los ojos y luego los abrió; claramente, se le había ocurrido una gran idea. ¡Y esperaba que fuera una de las salvadoras!—. ¡Quítale las baterías cuando llegues al momento indicado!

Bufé.

—Además de que al hacerlo el tiempo no se detiene al instante, el inconveniente parece ser que no existen baterías doble A en esta época…

Lisa soltó una risita.

—¡¿Cómo que no existen?! —Hizo un gesto abarcativo con las manos—. Coches voladores, máquinas de teletransportación… Los humanos serán de las razas más simples del universo, pero su tecnología está bastante avanzada. ¡Debe de haber unas baterías por ahí!

—No soy de esta época —confesé—. Ni siquiera sé cómo se enciende el televisor…

—Pues ¡con la voz! —indicó Lisa, y habló directo al aparato—: ¡Enciéndete! —Y el televisor se iluminó. Un millón de pequeños cuadraditos sembraron la imagen. ¿Eran canales?—. ¿Lo ves?

—Muy *cool*. Pero sigo sin las baterías…

—¿Y dónde buscaste?

—No salí del cuarto…

—¡Ahí está el problema! —indicó Lisa, y abrió la puerta que daba al pasillo.

Caminó vaya uno a saber hacia dónde, y creo que encontró a alguien, porque el grito que escuché fue suficiente para saber que ella y yo acabábamos de meter la pata hasta la rodilla…

35

—¡Tranquila, tranquila! —exclamó Lisa—. ¡No te haré daño!

—¡ARGH! —continuaba gritando la mujer—. ¡Un monstruo!

—No soy un monstruo, señora; soy LI%&(·@#, una niña como cualquier otra.

—¡ARGH!

—Por favor, no arme un escándalo…

Salí del cuarto para ver qué sucedía y me topé con Lisa cortándole el paso a una señora de unos cuarenta y cinco años, morena y de tez muy blanca, que iba vestida con prendas futuristas y una pulsera que se parecía a un pequeño televisor. Cuando me observó, gritó aún más fuerte:

—Argh, ¡un monstruo con forma de niña!

—En realidad, yo sí soy una niña…

—¡Y yo también! —repitió Lisa—. Excepto que vengo de otro planeta…

—¡AUXILIO, SOCORRO!

—Señora, es un malentendido. Por favor…

—¡POLICÍA, BOMBEROS!

—¡Haz algo! —le pedí a Lisa—. ¡Sus gritos nos delatarán!

—Demonios… —gruñó la extraterrestre—. Lo siento mucho… —Con decisión, tomó un pequeño lápiz metálico de su cinturón y me dijo—: No mires.

Obedecí y, solo por si acaso, también me agaché y cerré bien fuerte los ojos. ¿De qué sería capaz aquel artefacto? Al instante, oí un zumbido y luego un gorgoteo. ¿Qué demonios acababa de ocurrir? Como el silencio se extendía demasiado, pregunté:

—¿Todo en orden?

—Olvidarás que nosotros estuvimos aquí y te irás a dormir hasta la hora de la cena —habló la extraterrestre—. ¿Hay alguien más en la casa?

—Nadie —aseguró la mujer con voz de robot.

—Puedes irte —indicó Lisa—. Déjanos solas.

La señora caminó a su cuarto como si Lisa y yo no existiéramos. ¡No me lo podía creer! ¿El lápiz era un objeto hipnotizador?

—No, no lo es. Solo borra la memoria a corto plazo; lo que ocurrió en los últimos cinco o diez minutos. Lo puedes usar una o dos veces con la misma persona, y luego ya no: le fríes el cerebro —respondió Lisa como si pudiera leer mis pensamientos—. Y sí, puedo leerlos —agregó—. Aunque muy de vez en cuando; todavía no me aprendo el truco…

—¡*Wow*!

—Muy *cool*, sí; pero ¿en qué estábamos nosotras? —consultó, rascándose la sien—. ¡Ah, sí! —Y comenzó a desaparecer.

Tomé un retrato luminoso que había colgado de la pared y

se lo arrojé a la cabezota.

—¿A dónde crees que vas? —dije—. ¿No era que me ayudarías a regresar a mi tiempo?

—¡Auch! Eso dolió.

—¡Y te dolerá peor si no me consigues unas baterías!

—Oh, ¡cierto! —exclamó—. ¡Las baterías! —Y se puso a buscar unas en la casa. Yo la ayudé, claro; el asunto es que no había por ningún lado. Rayos, ¡la mayoría de los electrodomésticos funcionaban con… baterías internas! Aparentemente, eran recargables y ya venían instaladas de fábrica.

—¿Y ahora? —pregunté con una lágrima corriendo por mi mejilla—. ¿Cómo regresaré a mi tiempo?

—Déjame pensar…

De fondo, se oyó una sirena policial. ¿Alguien había alertado a las autoridades? ¿O la casa tenía sistemas de seguridad futuristas que habían detectado que la dueña estaba en peligro?

—Pues ¡piensa rápido! —apremié—. No me gusta esta época…

Lisa abrió el compartimiento donde iban las baterías y leyó el requisito energético del *walkman*.

—Tal vez pueda resolverlo yo misma…

—¡¿De verdad?! —consulté con alegría—. ¿Puedes?

—Sí, creo que sí.

—¿O sea que tienes baterías?

—En realidad… *Magic fingers!* —dijo, y sacudió en el aire los dedos de su mano derecha. Luego tocó los contactos de las baterías y un chispazo me encandiló. Increíblemente, el *walkman* dio muestras de encenderse: las luces brillaban con potencia—. ¡Aquí tienes!

Agarré el *walkman* con cuidado.

—Creo que está vibrando —manifesté—. ¿Es normal?

—Descuida, podrás volver al pasado sin problemas.

Levanté una ceja. ¿Y ese zumbido?

—¿Segura segura?

—¡Segurísima! —confirmó Lisa—. Ya puedes volver a tu época.

—Sí, claro… ¿Y cómo detendré la cinta si el botón de *stop* se averió?

—¿Si usas el de *play* no es lo mismo?

Me palmeé la frente, ¡qué idiota había sido!

—Oye, ¡tienes razón! Puedo detener la cinta en cualquier lugar con el botón de *play*. —Resoplé—. ¿Cómo no se me había ocurrido antes?

—Lo importante es que ahora puedes regresar —invitó Lisa—. Y si no llegas al año exacto, al menos sabes que estás en una época con pilas doble A.

—Sí, ¡claro!

—Bueno, ¿haces los honores?

—Seguro. Pero ¿tú vendrás conmigo? —pregunté.

—Cada vez que viajas en el tiempo, dejas un rastro que puedo seguir fácilmente.

—En ese caso… —Me coloqué los auriculares, contuve la respiración y apreté *rewind*.

Como por arte de magia, todo a mi alrededor se licuó. ¡Funcionaba, estaba volviendo en el tiempo! Sin embargo, mi alegría duró poco pues el *walkman* lo hacía demasiado aprisa. ¿Acaso por culpa de la misteriosa energía con la que Lisa lo había recargado? No lo sé, es probable…

Presioné *play*, pero el *walkman* no se detuvo; por el contrario, siguió rebobinando.

—Me parece que algo anda mal... —¡Y eso que lo peor estaba por llegar! Pues, cuando la cinta tocó al final... ¿Eso que tenía frente a mis ojos eran dinosaurios?—. ¡Me lleva el diablo!

36

Cuando el *walkman* se detuvo, todo lo que había a mi alrededor era vegetación de lo más estrafalaria: los arbustos tenían hojas largas y anchas, las enredaderas parecían colgar de todos lados y los árboles eran en su mayoría palmeras. Si no fuera por los saurópodos que caminaban en mi dirección y generaban terremotos con sus pisadas, hubiera creído que estaba en una selva. Pero no, ¡era el período cretácico! O triásico… ¡O como se llamara!

—¡Estúpida Lisa!

Presioné el botón de *forward*, pero ¡el *walkman* estaba muerto! Sin energías otra vez. No solo no emitía luces, ni ruidos, ni vibraciones, sino que además estaba ligeramente chamuscado allí donde iban las baterías. No tenía que ser Jacob, el amigo de papá, para darme cuenta de que el aparato ahora sí estaba arruinado por completo…

Algo zumbó a mi derecha y desapareció. Era el mismo ruido que hace un mosquito cuando no quiere dejarte dormir, pero como si lo hubieran amplificado con un megáfono. ¡Así de fuerte se oía! Y también un poco atemorizante, ¿para qué mentir? Si los dinosaurios eran grandes como un autobús, ¿qué podía esperar de los insectos?

Busqué cualquier objeto que me sirviera como arma o escudo, pero no hallé ni una piedra que fuera lo suficientemente liviana como para que pudiera levantarla. ¡Estaba indefensa a millones de años de mi época!

De repente, el zumbido regresó a mi izquierda. ¡Y pronto a mis espaldas! Me giraba con pequeños saltitos, rápidamente; aun así, me era imposible dar con la alimaña que asechaba. Hasta que… ¡ZAP! Un rayo láser por poco y no me borra la nariz.

—¡Justo a tiempo! —exclamó Lisa, soplando el humo de su pistola.

—¡Casi me evaporas la cara! —le recriminé.

—Bueno… —Lisa sonrió con esos colmillitos tan espeluznantes—. La próxima vez, dejaré que uno de esos mosquitos chupe dos o tres litros de tu sangre.

A mis pies, un ser chamuscado daba sus últimos aleteos de vida. Era grande como un zapato. Si eso había sido un mosquito… ¡Madre santa!

—Creo que confiaré en tu puntería —dije—. Pero ¡solo en eso! —Hice unos berrinches—. ¡Estamos en la época de los dinosaurios, Lisa! —me quejé—. Tu pequeño arreglo destruyó cualquier posibilidad de regresar a mi época. ¡Quemaste los circuitos del *walkman*!—Y se lo arrojé por la cabeza.

Lisa lo atajó con astucia y lo analizó.

—Oye, cierto que se arruinó… —Chasqueó con la lengua—. No, no, no. ¡Esto es un problema!

—¡Nada de problemas! —chillé—. ¡Llévame a mi época

ahora mismo!

—Primero, Mady, trata de no tocar nada. Ese mosquito de recién… —Se refregó la cara—. Me costará mucho reparar los daños que acabamos de causar en el futuro. En segundo lugar, ya te dije que no puedo transportarte a tu época.

—¡Nunca lo dijiste!

—Sí lo hice; con pensamientos.

—Pero ¡si yo no puedo leer la mente! —grité.

—Creía que sí… —Se rascó la barbilla—. ¿Y cómo fue que…? —Abrió los ojos—. Ah, ¡qué tonta! Había sido yo quien te había leído la mente y no al revés.

—¡GRRRR!

—Bueno, bueno; tranquila, que no es para tanto.

—¡¿Cómo que no es para tanto?! —vociferé—. ¡Estoy atrapada en el tiempo!

—Por culpa de tus propias equivocaciones…

—Sin embargo, ¡habías prometido regresarme a mi época! Y no solo rompiste mi *walkman*, sino que ahora te niegas a cumplir con tu palabra. ¡Eres una mentirosa!

—No me niego, Mady. Simplemente, te comento que no puedo hacerlo. —Y disparó a un ave gigante que volaba en círculos sobre nosotras. Cayó cerca de una palmera y quedó ahí tendida. En breve, apareció una manada de diminutos reptiles bípedos para comerse el cadáver. Lisa arrugó la cara—. Eso… Eso será otro problema.

—¡El único problema es que yo no puedo volver a mi tiempo!

—Te lo explicaré de la forma más clara que pueda —dijo Lisa—: el dispositivo que me permite viajar lo tengo implantado en la cabeza y sirve para una sola persona. Oh, y antes de que lo digas: no, ¡no me lo puedo quitar!

—¿O sea que ya está? —Eché la cabeza hacia atrás—. ¿Estoy perdida?

—Más o menos…

—¡Tiene que ser una broma!

—Ojalá lo fuera.

Me negaba a rendirme tan fácilmente.

—Vamos, ¿no hay ninguna manera de revertir todo esto? Una especie tan moderna como la tuya debe conocer la forma.

Lisa asintió.

—Ya que insistes… —Suspiró—. La hay. Pero no te gustará ni un poquito…

37

—¡Habla de una vez, Lisa! —exclamé—. ¿Cómo regreso a mi tiempo?

—Generalmente, el costo por romper las líneas temporales es…

—¿Es…?

—Es la muerte —terminó la frase con voz altisonante.

Ladeé la cabeza. ¿Esa extraterrestre de pacotilla me hablaba en serio? ¿De verdad tenía que morir para volver a mi año? ¿Cómo se suponía que después de muerta me serviría de algo? No, tenía que haber alguna equivocación. O bien se trataba de otra broma de mal gusto…

—Creo que no entiendo…

Lisa me extendió la pistola de rayos láseres.

—¡Apuntas al medio de tu cabeza y jalas del gatillo! —indicó—. En un parpadeo, aparecerás en tu casa, en tu época. *Cool*, ¿no?

—No, *cool* no. ¡Muerta! —la corregí—. ¡Apareceré muerta!

—Sí, bueno… —Lisa se encogió de hombros—. Perderás

una de tus vidas, es verdad. No obstante, ¡tendrás otras ocho para disfrutar! Yo creo que es un precio justo.

Fruncí el entrecejo.

—No sé en qué animal o especie estés pensando, pero… —Traté de no sulfurarme—. ¿Cómo decirlo…?

—¿Decir qué?

—¡LOS HUMANOS TENEMOS UNA SOLA VIDA! —grité—. ¡UNA SOLA, LISA!

—¿Tienen una sola? —indagó la extraterrestre, sorprendida—. O sea que mueren y… ¿se acabó?

—¡Exacto!

—¿De verdad? —insistió.

—¿Y por qué te mentiría?

—No lo sé… Suena muy aburrido. —Luego asintió y se rio con ganas—. Oh, ¡era una broma! —Continuó riendo—. Muy buena. ¡Buena de verdad! —Supongo que mi cara de pocos amigos le indicó que no mentía—. Espera, ¿de verdad es una sola? ¿Los humanos tienen *una sola vida*?

—¡Que debemos aprovechar al máximo! —agregué—. Cada instante cuenta.

—Estoy desconcertada…

—¿No estudias las razas de los casos que te asignan?

—¡Obvio! —declaró Lisa con total convicción.

—¿Y entonces?

—Es que… Jamás se me ocurrió ahondar sobre el asunto. —Lisa me dio unas palmaditas en el hombro—. Lo lamento mucho, Mady; deben de ser una de las pocas especies conscientes del universo que mueren y se acabó.

—Bueno, según la catequista de la escuela, hay vida después de la muerte… —indiqué—. Nos convertimos en almas. Eso suena a una segunda vida, ¿no te parece?

—¡Genial!

—El problema es que, una vez que te transformas, ya no puedes andar por la Tierra. Así que no es tan genial que digamos…

—¿Y entonces qué sentido tiene ser un alma?

—Aparentemente, el lugar a donde vas es pura felicidad. Y conoces por fin a Dios.

—¿Y quién es ese? —indagó Lisa.

—El que nos creó.

—¿Le dicen «dios» a Richard? —Lisa no pudo contener una risita—. ¿Ese idiota es un «dios» para ustedes?

—¿Richard? —repetí—. No conozco a ningún Richard.

—¿Cómo que no? Si él los creó.

Entrecerré los ojos. Esa información me estaba confundiendo un poquito.

—No quiero saber nada sobre el origen de mi raza, ¿sí? —apunté—. Mejor idea la forma de regresar con mi familia.

—¿Y no te gustaría convertirte en alma? —consultó Lisa—. Richard es bastante simpático; te hará reír.

—Elijo mi familia, si no es mucha molestia —insistí—. Apenas tengo doce años. ¿Sabes todas las cosas que me falta vivir?

—Creo que ahora entiendo por qué las máquinas del tiempo son tan valiosas para ustedes.

Levanté una ceja.

—¿Por qué hablas en plural? —cuestioné—. ¿Acaso hay otras?

—Una o dos, sí —confirmó Lisa—. Actualmente, están confiscadas.

—¿Tu especie las tiene?

—Sí, obvio; nosotros mantenemos el orden en el universo. Somos muy modernos —explicó—. Capturamos delincuentes espaciales, regulamos el comercio entre galaxias, asistimos a las especies en peligro de extinción y…

—Déjame adivinar —la interrumpí—. ¿Controlan el tiempo?

—¡Exacto!

—Sin embargo, así y de modernos como son, ¿no pueden llevarme de vuelta a mi época? —Bufé—. ¡Exijo hablar con un supervisor!

—¿Un supervisor? —Lisa soltó una risita burlona—. No puedes llamar a un supervisor solo porque no te gusta lo que digo.

—¡Claro que puedo! —exclamé—. ¡Mamá siempre lo hace con los de la compañía de cable!

—Mi raza no es una compañía de cable…

—Da igual, ¡tienen un pésimo servicio de atención al cliente! —manifesté.

Lisa levantó una ceja.

—Me parece que no terminas de entender la seriedad del problema en el que estás metida…

—Claro que entiendo; por eso quiero hablar con un supervisor.

—¿Un consejo de amiga, Mady? —ofreció Lisa—. No quieres lidiar con uno de los Jefes…

—¿Y por qué no? ¿Son peligrosos?

—No, no es eso.

—Ah, ¡les tienes miedo!

—Algo así…

—¿Son malos? —quise saber.

—En realidad, son muy estrictos. Y siempre encuentran algo que hiciste mal o que te faltó por hacer —bufó—. Son unos pesados. Arreglan todo por ti y luego te dan un regaño inolvidable.

—Ah, ¡son como mamás!

—Sí, ahora que lo mencionas, son como mamás. —Lisa sonrió y luego se puso seria—. Pero no los llamaré, no. ¡Podría perder mi empleo! Y tú, terminar encerrada en una prisión espacial.

—*Okey*, entiendo.

—¿Segura?

—¡Claro! —asentí—. Ahora, ¡devuélveme a mi época, por favor!

—Creí que habías entendido todo…

—¡Devuélveme a mi época! —repetí—. ¡Devuélveme a mi época, devuélveme a mi época!

—¿De verdad harás un berrinche?

—¡Todos los necesarios! —Y, para que no quedaran dudas, continué—: ¡Devuélveme a mi época, devuélveme a mi época, devuélveme a mi época!

—¿Y por qué lo deseas tanto? —cuestionó Lisa—. Si fuera tan linda y divertida, no hubieras viajado en el tiempo en un primer momento.

—Buen punto —acepté—. Sin embargo, una se encariña con la familia y con los amigos. Me gustaría volver con ellos.

Lisa sopesó el *walkman*.

—Bien, bien. —Suspiró largamente—. Si tanto lo deseas… Conozco a alguien que podría reparar el *walkman*.

—¿Un Jefe?

—¡Ya te dije que un Jefe no! —rezongó—. Destruirían el *walkman*. Es que… —Le echó un nuevo vistazo al aparato—. De los tres dispositivos que creó tu especie, este es el más poderoso. Dudo mucho de que lo conserven. Crearán unos planos, lo desensamblarán, ¡y al horno!

—¿Quién diría que el amigo de papá podría crear semejante cosa, eh?

—Sí, Jacob… —Lisa respiró profundamente—. Ya tendré una charla con él.

—¿Lo conoces?

—Sí, claro. No es humano —reveló.

—¿Cómo…? ¿Cómo dices?

—Jacob no es humano —ratificó Lisa—. ¿O acaso no lo notaste excesivamente «rarito»?

—Sí, bueno; pero «raro» no es sinónimo de «extraterrestre».

—Te sorprenderías… —soltó Lisa.

—Da igual. Sigo sin entender por qué creó una máquina del tiempo.

—No lo hizo de forma consciente. Quiso reparar el *walkman* con tecnología de otro mundo y… pasaron cosas.

Suspiré. Aparentemente, las cosas raras no acababan solo en una máquina del tiempo… ¿El amigo de papá era alienígena? Rayos, ¡eso sonaba muy loco!

—Em… —Recordé lo que Lisa acababa de decir—. Bueno, ¿y quién es esta persona que podría arreglar el *walkman*?

—Un amigo.

—*Okey*… —Esperé a que dijera algo. Sin embargo, se quedó mirándome como ya había hecho otras veces—. Pues ¡ve ahora mismo! —clamé—. ¡Que lo arregle!

—¡Enterada! Aguarda unos minutos y estaré contigo —

indicó.

—¿Me dejarás sola aquí?

Miré por encima de mi hombro: eso que bajaba de una palmera, y que era tan grueso como su tronco, ¿se trataba de una serpiente?

—Tengo que visitar a mi amigo; no puedo estar aquí y allá al mismo tiempo.

—¿Y si se acerca algo? —pregunté—. Esos rugidos que oigo de vez en cuando suenan atemorizantes…

—Si se acerca una bestia, la transformas en colador con la pistola y ya. —Y me la entregó.

—¿Y eso no destruirá muchas líneas temporales?

—Lo resolveremos luego, ¿sí? —aconsejó—. Primero, el *walkman*.

—Bien —dije—. Esperaré.

Lisa se esfumó con mi *walkman* y yo quedé al amparo de la peligrosa y asesina naturaleza del cretáceo.

¿Sobreviviría?

38

Para mi sorpresa, Lisa regresó unos minutos más tarde y no tuve que disparar un solo rayo láser.

—Mady, ¿todo en orden?

Portaba el *walkman* en su mano derecha y, por lo extraño que se veía, supuse que su amigo lo había arreglado. Quizás fuera un Jacob extraterrestre medio loco que podía crear los artilugios más extraños del universo.

—¿Ya puedo regresar a mi tiempo? —pregunté invadida por la ansiedad.

—Em… —Lisa se rascó la cabezota—. Algo así.

—¿«Algo así»? —Un malestar oprimió mi pecho—. Oh, ¡¿por qué me persigue la desgracia?!

—¿Y por qué no escuchas antes de quejarte? —rezongó Lisa—. Paul, mi amigo, consiguió reparar el *walkman*. Sin embargo, solo podrás hacer un único viaje en el tiempo.

—¿Por qué uno solo?

—Porque dice que estamos infringiendo no sé cuántas leyes, y que no quiere meterse en problemas. Es un pelmazo.

Pero me hizo el favor, y así funciona.

—Bu... —me lamenté—. ¿O sea que tengo una sola oportunidad?

—Una sola —ratificó Lisa, entregándome el *walkman*. Lo estudié: era el doble de pesado que antes, y tenía luces en todos los lados. Al tacto, sentí una fuerza oculta que claramente era de otro mundo—. Después de eso...

—¿Qué sucederá? —quise saber.

—Te quedarás en el año en que aparezcas; sin vuelta atrás.

—No es de mucha ayuda...

—Además, si rompes la línea temporal, tendré que llevarte con las autoridades espaciales.

—Oh, ¡grandioso! —exclamé con ironía—. ¡Estoy salvada!

—No seas ruda. Tienes una oportunidad.

—Sí, claro...

La verdad, la oferta de Lisa era lo mismo que sentenciarme a una muerte segura. Si no había podido acertar de buenas a primeras la hora del incidente del kétchup, ¿cómo lo haría con millones de años por delante? No, jamás regresaría sana y salva a casa. Y menos si el *walkman* funcionaba tan aprisa.

—Te repito, Mady: podrás regresar a tu tiempo.

—Lo dices porque te la pasas viajando con tu máquina. Yo... —Chasqueé con la lengua—. ¡Jamás pude aprender a usarla!

Lisa se encogió de hombros.

—Es lo único que tengo para ofrecerte.

—No me sirve... —murmuré.

Debía pensar en otra solución, algo que realmente me llevara a casa con mi familia y mis amigas. Por eso, activé mi cerebro al cien por ciento y, para mi sorpresa, ¡esta vez sí ideó una solución! Aunque no estaba segura de que funcionara. Es decir: los viajes en el tiempo y los efectos y daños colaterales no eran fácilmente predecibles; la mayor parte de las veces ocurrían cosas indeseadas.

—¡Creo que lo tengo! —exclamé.

—¿Qué es lo que tienes? —preguntó Lisa—. Bueno, tienes la pistola… ¿Me la devuelves, por favor?

—¡Exacto! —festejé—. ¡Tengo la pistola!

—Que, ya que ningún dinosaurio te engulló, debes entregármela.

—Aguarda un segundito. Antes dime: ¿me acompañarás a cualquier año al que viaje? —Necesitaba cerciorarme antes de hacer nada.

—Sí, Mady; debo comprobar que todo esté en orden. ¿Por? —Y se inquietó un poco—. ¿Me devuelves la pistola?

Asentí, conforme. Si mi plan funcionaba, ya podía ir olvidándome de todos los problemas vividos.

—Aquí tienes —Y le di el arma—. A la una… —Me coloqué los auriculares—. A las dos… —Cerré los ojos—. Y a las… —Presioné el botón de *forward* y lo salté a algún momento del siglo XXI.

39

¿Qué año era? ¿Dónde estaba? ¿Por qué mi cuarto se veía más moderno que la vez anterior? No lo sabía ni me interesaba. Estaba allí para ejecutar el plan que me devolvería a la vida de siempre, ¡y eso fue lo que hice!

Sin salir del cuarto, tiré al suelo todo lo que encontré: electrodomésticos y muebles, ¡nada quedó en su sitio! También los pisoteé. Luego, cuando me aventuré al pasillo, hice lo mismo con los adornos, los retratos de las paredes, unas plantas futuristas de color amarillo, y un pequeño robot de limpieza que pululaba por los ambientes. Destruí todo, ¡absolutamente todo!

Lisa se materializó al minuto, justo cuando estaba en la cocina a punto de arrojar al aire los platos de las alacenas. Me los quitó con rudeza.

—¿Estás demente? —dijo—. ¿Cómo…? ¡¿Cómo se te ocurre?!

Tomé una segunda pila de platos.

—¡Atájalos! —exclamé, y los lancé uno a uno.

Para mi sorpresa, Lisa consiguió atrapar al vuelo todos ellos. Pensé que los dejaría caer; se veía tan enclenque…

—¡Espera un momento! —gritó. Pero no me detuve: arrojé más platos, y luego tazas, vasos y ensaladeras—. ¡Aguarda, Mady!

—¿No eras la raza superior? —aticé—. ¡Demuéstralo!

—Pero ¡no así! —exclamó—. ¡Harás que un Jefe se aparezca! —Y comenzó a lloriquear.

Luego, cuando estuvo hasta la coronilla de cosas, y la montaña se tambaleaba peligrosamente, fui a la ventana que daba al jardín trasero y grité a todo pulmón:

—¡FUEGO!

—Mady, nos meterás en serios problemas…

Me paré al lado de Lisa y dije:

—Eso es exactamente lo que quiero.

—¿Por qué eres así de mala?

—Por el contrario, Lisa, si ocurre lo que pienso que ocurrirá, habré resuelto este caos que generé.

—No… No entiendo —dijo Lisa—. ¿Cómo lo harás?

—Ya verás.

—Pero ¿y si no funciona?

—Bueno… —Me encogí de hombros—. ¿Me consigues un traje de presidiaria rosa? —Le guiñé un ojo y la empujé—. ¡Fue un gusto conocerte!

La pobre Lisa hizo todo a lo que estuvo a su alcance para que las cosas no se rompieran, pero no pudo contra lo inevitable. *¡PLAF, PUM, BAM!* Cada uno de los objetos de vidrio, porcelana y cerámica que sostenía se hicieron añicos contra el suelo y sus fragmentos se mezclaron en un arcoíris muy bonito.

—Mady…

—¡Dios santo! —exclamó una mujer que entró por la puerta principal—. ¿Quiénes son ustedes?

—¡Somos asesinos espaciales que venimos por tu cabeza! —Y levanté los brazos en forma amenazadora.

—¡ARGH! —gritó la mujer, que, al querer escapar, chocó de cara contra la pared y se cortó la frente. No tardó en marearse y desmayarse. Cayó sobre su nuca y yo aproveché el instante para poner el *walkman* en sus manos.

—Esto se va a poner feo… —gimoteó Lisa.

—¿Acaso no soy la destructora de líneas temporales? —bromeé—. Tú solo sígueme el juego y estarás bien.

40

Dominada por el pánico, Lisa tomó su lápiz amnésico e intentó borrar la memoria de la señora; el problema es que, además de estar inconsciente, creo que no respiraba…

—¡Vete a hacer las compras y no vuelvas hasta la puesta del sol! —le ordenó en vano.

Los segundos pasaron y…

—Demonios, ¡no sucede nada! —gritamos al unísono. Ella porque la mujer no reaccionaba, y yo, porque lo que creía que iba a suceder no pasaba.

—No sé qué era lo que planeabas, Mady, pero estamos metidas en un lío espectacular…

Lisa dijo algo más que no escuché porque, de repente, una potente luz nos encandiló. ¿Acaso el universo había colapsado por culpa de mis travesuras? ¿Un agujero negro había aparecido en medio de la cocina? Rezaba para que no, porque mis intenciones habían sido otras.

Cuando abrí los ojos, vi en el pasillo un extraterrestre igual a Lisa, solo que el doble de alto. No tenía cejas, pestañas, labios ni arrugas, así que era difícil precisar si estaba alegre o enojado. Sin embargo, por la forma envalentonada con que se acercaba, pude darme cuenta de que no venía precisamente a felicitarnos.

Confieso que me dio un poquito de miedo. Lisa, cuando la vi por primera vez, me había espantado. Claro que a los cinco minutos de haber charlado con ella la impresión había sido otra. El Jefe, en cambio, lucía cruel y despiadado. Y, como comprobé al instante por su voz, no era «él», sino «ella».

—¿De qué se trata todo este escándalo, LI%&(·@#? —la increpó sin siquiera inclinar la cabeza para mirarla. Echó un vistazo a los platos rotos y, cuando oyó la sirena de los bomberos, suspiró con fastidio.

—Señora... es que... —tartamudeó Lisa, haciéndose pequeñita—. Cuando planeaba... Madelaine... Puedo explicarlo...

—¿Y esta mujer?

—Yo... Estábamos viajando... Madelaine...

La extraterrestre negó con la cabeza y cruzó un larguísimo índice sobre sus labios.

—Ahórrate las excusas para después. Eres la culpable de...

—¡No! —grité—. ¡Fue todo culpa de la señora, no de Lisa! —interrumpí antes de que la situación pasara a mayores. Y de un salto me interpuse entre la Jefa y Lisa.

—¿Y tú quién eres? —escupió la extraterrestre.

—¿Yo? —Inflé el pecho y declaré—: ¡Soy Madelaine, la destructora de líneas temporales!

—¿La destructora de...? —La Jefa asintió—. Ah, sí, la mocosa que generó una invasión de reptilianos.

—¡Esa misma! —confirmé—. Pero esta vez los problemas

los causó esa señora, no yo. Me robó la máquina del tiempo antes de que pudiera entregársela a Lisa.

—No entiendo… —La extraterrestre frunció el entrecejo—. ¿Y por qué planeabas dársela en tu futuro?

—Porque la máquina estaba averiada y me llevaba de un año a otro sin control alguno. Y… —Me sentía como cuando le tenía que dar explicaciones a mamá por una travesura y no se me ocurría qué decir—. ¡Y Lisa solo me perseguía allí a donde fuera para detenerme!

—Claro… —La Jefa recogió la máquina del suelo y la hizo añicos con un apretón. Luego le dio una patadita a la señora—. ¿Y dices que ella te quiso robar?

—Codicia humana, supongo.

—*Okey*… Pero ¿era necesario matarla? ¿No podían solo… maniatarla o noquearla?

—¡Lisa hizo lo que debía hacerse! —manifesté—. ¡No había tiempo para otra cosa!

—Sin embargo, Lisa posee un artefacto que, justamente, permite aprovechar el tiempo para… —Suspiró—. Bueno, supongo que era inevitable.

—¡Mucho!

—¿De verdad está muerta? —consultó Lisa.

La Jefa le dio más pataditas a la mujer.

—Creo que sí… —Se rascó la cabeza—. O sea, ¿es normal que los humanos sangren por las orejas y no respiren?

—Me parece que no… —dije.

—Entonces, ¡está muerta! —ratificó—. Pero no importa, en cualquier momento revivirá. Ocho vidas de nueve; no puede ser tan malo.

Lisa y yo intercambiamos miradas.

—Em… Señora, verá… —Lisa no sabía cómo expresarlo—. Al parecer, los humanos solo tienen una vida…

La Jefa ladeó la cabeza.

—¿Una sola?

—Una solita —confirmé.

—Entonces, esa mujer… —Y la señaló con su índice—. ¿No revivirá?

—No, a menos que alguien arregle el pasado —expuse.

Una alarma sonó en la pulsera de la Jefa y esta se refregó la cara.

—Rayos, otro caos temporal… —Echó un vistazo a la cocina—. Esto es un desastre… —Y a Lisa—: Debo irme. ¿Podrás resolver esto? —Lo pensó mejor y dijo—: No, mejor lo hago yo; no quiero más eventualidades.

Acto seguido, chasqueó los dedos y la cocina se iluminó una segunda vez. Tuve que cubrirme los ojos con el antebrazo. Cuando los abrí nuevamente, estaba en mi cuarto. ¡El original! Y no había rastros de dinosaurios, ni de extraterrestres, ¡ni de personas ajenas a mi familia!

Me palpé el cuerpo: era el de siempre; no me había convertido en nada raro. Salí al pasillo y los portarretratos colgados de la pared no mostraban gemelos, ni papás extraterrestres, ni hermanos reptiles. Éramos papá, mamá y yo.

—¿Lo he conseguido?

No quise festejar por adelantado. ¿Y si ahora vivía en un domo abajo del agua?

Escuché la cortadora de césped y corrí al jardín frontal. Allí estaba mamá.

—Mady, ¿vienes a ayudarme? —consultó.

Estaba tan pero tan contenta que acepté sin reparos.

—¡Sí! —Di un brinco al sendero de baldosas y agarré el rastrillo.

—Mady… —dijo mamá.

—¿Qué? —Miré hacia todos lados—. ¿Qué sucede?

Mamá apagó la cortadora y se dio un golpecito en la cabeza.

—La gorra…

—Sí, ¡mamá!

Fui por ella y ayudé a cortar el césped como nunca en mi vida. ¡Estaba tan contenta! Al final, mi plan había funcionado: había conseguido reparar el caos temporal generado con el *walkman*. ¡Mi vida había regresado a la normalidad!

Súper, ¿verdad?

EPÍLOGO

—¿Cómo sabías que Billy te lanzaría esa bola de puré, Mady? —preguntó Berta cuando Verónica, la preceptora, desactivó la trifulca entre los matoncitos.

Sí, volvimos al primer capítulo.

—Lo hizo tantas veces que ya me sé de memoria sus trucos… —respondí con una sonrisa.

—Después de la paliza que recibió por parte de Chuck, pensará dos veces antes de molestar a alguien —acotó Eve.

—Al fin le dan su merecido —agregó Elena—. ¡Yo le hubiera pateado el trasero un poco más!

—Chicas, chicas… —intermedié—. La violencia nunca es la solución.

Berta me miró con seriedad y me dio un puñetazo en el hombro.

—Deja de decir tonterías, Madelaine.

—Billy se lo merecía —apoyó Eve.

—Todas sabemos que esa era la única forma en que iba a entender —dio por zanjado el asunto Elena.

—Sí, lo que digan… —acepté solo para que cerraran la bocota.

El resto de esa mañana transcurrió con total normalidad y regresé a casa después de la clase de Educación Física. Aunque, para ser sincera, me hubiera gustado tener conmigo el *walkman*: añoraba viajar en el tiempo y sentir la emoción de modificar eventos pasados y conocer los futuros. ¡Y para escuchar música también!

—Es una pena que todo haya acabado… —me lamenté al apoyar la bicicleta en el jardín.

Caminé el sendero de baldosas y, antes de subir los tres peldaños del porche, divisé una caja al lado de la puerta. Era un paquete del correo. Me apresuré a levantarlo del suelo y a averiguar el remitente. ¡Que era yo! Sin embargo, no había datos de la persona que lo había enviado.

Entré a casa, saludé a mamá con un grito y, con la excusa de cambiarme de ropa, fui directo a mi cuarto. Allí hice trizas el envoltorio y…

—¿Un *walkman* nuevo?

Estaba dentro de su correspondiente empaque. ¡Incluso estaba cubierto por ese *film* protector que es tan difícil de romper! En uno de los costados, había un *post-it* pegado.

«Para Mady, de Lisa».

Sonreí y saqué el aparato de la caja. ¿De verdad Lisa me había enviado un *walkman*? No me lo podía creer. Sobre todo, porque apostaba a que la Jefa le había dado un regaño de película…

Es decir, mi plan había consistido en romper un montón de cosas —entre ellas el *walkman*— y destruir una infinidad de líneas temporales solo para que una Jefa interviniera. Por un momento, pensé que no ocurriría; pero ¡la Jefa finalmente apareció y tomó cartas en el asunto! Y eso se tradujo en la reparación instantánea de todo: la mujer revivió, los objetos quedaron arreglados y las líneas temporales recuperaron su estabilidad. Me sorprendió que no se me borraran los recuerdos; pero, sin máquina del tiempo, ¿quién creería algo de mi historia? Tal vez no había sido necesario formatear mi cerebro…

Revisé el empaque y el *walkman*. No había notas, pero sí un *cassette* adentro. Me coloqué los auriculares y le di *play*.

—Querida Mady, te envío este regalo para que por fin tengas un *walkman* funcional. Espero que te hayas divertido, ¡y que hayas aprendido mucho! Yo lo hice, obvio. Sin embargo, eso no impidió que me dieran un regaño y me obligaran a realizar trabajos de oficina por un mes. Supongo que la saqué barata… Cuando pueda ir a visitarte, lo haré. Mientras tanto, ¡disfruta el *walkman*! Es uno muy especial: solo tienes que pensar en una canción y sonará automáticamente. ¡Nos vemos pronto!

Al que vería pronto sería a Jacob. ¡Le agradecería el arreglo! Pues, hasta el momento, no lo había hecho. Además, si había construido una máquina del tiempo, ¿de qué otras cosas sería capaz?

Por supuesto, lo descubriría pronto. Aunque esa ya es otra historia…

FIN

CHIRIMBOLITO

Katherina Orlowski es una escritora del interior argentino, que se dedica a escribir relatos y novelas de ciencia ficción, misterio y terror. A partir del 2019 comenzó a publicar sus obras en formato digital y físico.

Actualmente tiene dos series en curso: *Unknown Science Stories*, de ciencia ficción, y *Creepy Cosmos*, de terror. Ambas se actualizan mes a mes con nuevos números.